くされ縁の法則2

熱情《こい》のバランス

「――何？」

ほんの少しだけ掠れた翼の甘い声が、跳ねた哲史の鼓動をドキドキと煽《あお》る。

それを押し隠すように、哲史は、小さな声でもう一度念を押した。

「キス……だけだぞ？」

「キスだけ――な？」

返されるその言葉よりも、鼓膜《こまく》を震わせる、わずかに笑みを孕《はら》んだ甘いトーンに浮かされてしまいそうな気がして。哲史はドキリとする。

くされ縁の法則②

熱情《こい》のバランス

吉原理恵子

13235

角川ルビー文庫

目次

口絵・本文イラスト／神葉理世

＊＊＊＊＊　Ⅰ　＊＊＊＊＊

夜空には、くっきりと満月。

さやさやとそよぐ風も、肌《はだ》に心地《ここち》よく冴え渡る。

午後八時半。

シャカシャカシャカシャカシャカシャカ……………。

青白い闇《やみ》に派手なネオンがきらめく大通りを、一台の自転車が颯爽《さっそう》と駆け抜けていく。

前カゴには絶妙なバランスで突っ込まれた通学用鞄《かばん》とシューズバッグが、ときおりカタカタと揺《ゆ》れ。

背中のドデカいバッグの中には、たった今、終わったばかりの部活の必需品《ひつじゅ》がずっしりと詰め込まれている。

それでも。

シャカシャカシャカシャカシャカシャカシャカシャカシャカ……………。

リズミカルにペダルを漕《こ》ぐ足に、少しの乱れもなかった。

いつものように。

ハードな部活を存分にこなしても、まだ体力が有り余っているのではなかろうか？——と思えるほど軽快に自転車を飛ばして家に戻《もど》ってきた市村龍平《いちむらりゅうへい》は。

普段は何があっても慌《あわ》てず、騒がず、マイペース。そんな、おっとりとした性格そのままにゆっくり時間をかけて味わう夕食を、いつもとは違って、制服を着替える間も惜《お》しむかのようにガツガツと一気に流し込んだ。

——らしくない。

その、常ならぬ、欠食児童のごとき食いっぷりに思わず眉《まゆ》をひそめて、

「ちょっと、龍ちゃん。どうしたの？」

母親が問いかけても、心ここにあらずという感じで。

それでも。テーブルに並べられた物はすべてきれいに食べ尽《つ》くすと、最後にググッと茶を一気飲みして、

「ごちそうさまでした」

席を立った。

そして。

なにげに壁時計を見やって時間を確認《かくにん》すると、

「やっぱ、風呂《ふろ》が先かな。どうせ、長くなりそうだし」

ボソリと漏《も》らした。

いつもならば、学校の更衣室できっちりシャワーを浴びて汗を流して帰るのだが。今夜ばかりはその間も惜しくて、先輩たちへの挨拶《あいさつ》もそこそこに飛び出してきたのだった。

そんなこともあって。龍平は自分の部屋に戻って着替えを取ってくると、そのまま一気にバスルームへと直行した。

基本的に、湯船にじっくりと浸《つ》かって一日を終わりたいタイプの龍平は、部活のあとにシャワーを使っても、必ず寝《ね》る前には家の風呂に入る。

けれども。

いつもならば、鼻歌まじりにのんびりと長風呂に浸かってホヤホヤと上機嫌《じょうきげん》で戻ってくるのに、今日に限ってはソッコー烏《からす》の行水だった。

ぜんぜん——らしくない。

何か、不吉なことの前触《まえぶ》れ……だろうか？

我が弟の、いつもとはまるで違う行動パターンにビックリして、

「龍平。なによ、あんた。どうしちゃったの？　大丈夫《だいじょうぶ》？」

姉の明日香《あすか》がしんなりと眉をひそめ、

「もしかして、部活の帰りに変なモノでも拾い食いしたんじゃないの？」

めっきりマジな顔で暴言を吐《は》いても、あっさり無視して。

いまだ雫《しずく》の垂れる頭をガシガシとバスタオルで拭《ぬぐ》うと、電話の受話器を取り上げた。

いつもなら、五回以内のコール音ですぐに出るはずの相手は、まだ——出ない。

龍平の眉間《みけん》が、珍しく翳《かげ》る。

そうして。

ようやく繋《つな》がった相手は、いつもと違う声だった。

「——ツッくん？　俺、龍平だけど……」

「……わかった。だったら、明日は、いつも通りでいい？　うん——そう。……じゃあ、ね。おやすみ」

そのまま、受話器をゆったりと元に戻して。

束《つか》の間。

龍平はなぜか疲れたように、どんよりとため息を漏らした。

そして。首に掛《か》けたままのバスタオルを両手でつかんで、なにげに振り向いた。

——とたん。

母親と姉の食い入るような視線を浴びて、

「……な……なに？」

ドッキリ、腰《こし》が引けた。

家の外では、何かとノーテンキにタラシ光線を乱射しては幅広く年齢差《ねんれい》なしに異性《おんな》を悩殺《のうさつ》しまくっている龍平だが。

もちろん、例外中の特例はあるわけで。母親はむろんのこと、

『あんたのオシメを替えてやったのは、あたし』

そう、豪語《ごうご》する姉——明日香には幾《いく》つになっても敵《かな》わない。

年齢差が五歳。

縦も、横も。体格ははるかに姉を凌駕《りょうが》しても、年齢差は力関係の象徴《しょうちょう》。その差はいまだに、まったく縮まらない。

「何よ。テッちゃん、また、嫌《いや》がらせされてるの？」

眉間に縦ジワを刻んで、明日香がそれを口にする。

別に、盗《ぬす》み聞きをしていたわけではないだろうが。いつもとは顔つきからして違う龍平の口から『杉本哲史《すぎもとてつし》』の名前が出れば、明日香も無関心ではいられないということだ。もちろん、母親にとっても。

市村家の女性陣《じん》にとって、哲史は、龍平の単なる幼馴染《おさななじ》み——などではない。

もっと、切実で。

すごく、大切な。

斬《き》っても、切れない。

血の繋がりよりも、はるかに親密な関係といっても過言ではない。

もしかしたら。

ある意味、我が家の平穏《へいおん》無事には不可欠な守護神——だったりするかもしれない。

なにしろ。

哲史は。

常識の枠《わく》に捕《とら》われない大物——といえば聞こえはいいが、詰まるところ、世間様で言うところの『普通』から大きく食《は》み出してしまっている我が息子・我が弟の最強のコントローラーであるからだ。

ただのジョーク、ではない。

もちろん、大げさな誇張《こちょう》でもない。

これまでの、笑うに笑い飛ばせない数々の出来事を思い描《えが》くだけで、いまだにどっぷり深々とため息しか出ない二人にとって。哲史は、まさに、鬼《おに》に金棒というか……。なくてはならない心のオアシスであった。

家族の絆《きずな》とは別の次元できちんと龍平を理解して受け止めてくれるのは、哲史と、もう一人の幼馴染みである蓮城翼《れんじょうつばさ》の二人だけ。

そうきっぱり断言してしまえるほどに、その存在は大きかった。とりわけ、彼女たちにとっては、哲史の比重が……。

小学校の入学式という節目の年は、龍平だけではなく、市村家の女性陣にとっても、予想もしていなかった劇的な変化をもたらす出会いの瞬間《とき》でもあったのだ。

そういうわけで。市村家と杉本家は、哲史の祖父母がまだ健在であった頃《ころ》からの家族ぐるみでの付き合いだった。

もしも、蓮城家が正式な手続きを踏んで哲史を引き取ることを申し出なければ、自分たちがそのつもりであったことは言うまでもない。

そのときの、明日香の本音と言えば、

(あー……。やっぱり、翼君に取られちゃったな)

――である。

別に、哲史を翼と張り合おうとか、そんなふうに思っていたわけではないが。偽《いつわ》りのない正直な気持ちとしては、

(翼君ってば、テッちゃんのことになると、ほんと、電光石火の早業《はやわざ》よね。日頃の人嫌《ひとぎら》いが、まるで嘘《うそ》みたい)

――なのだった。

哲史に対する龍平《おとうと》の、ある種、言動を逸《いっ》した、露骨《ろこつ》すぎて目も当てられないほどの懐《なつ》き方も凄《すご》かったが。

『哲史《こいつ》は俺のモノ』

――ばりに、堂々と周囲を威嚇《いかく》して哲史の所有権を主張する翼も充分《じゅうぶん》、負けてなかった。

なにしろ。単に、

『可愛《かわい》げがない』

と、吐き捨てるには二の足を踏んでしまう美貌《びぼう》は後光がさしており。

『あの顔で、あの凶暴《きょうぼう》さはどうよ？』

そのド迫力《はくりょく》は筋金入りで。

その上、

『あれの、何が、どこが落ちこぼれ？』

世間様の評価には思わず首を傾《かし》げたくなってしまうほど頭がキレすぎてるものだから、ただ無駄《むだ》に年齢《とし》を喰《く》っただけの大人は誰も敵わない。

絶対、敵に回したくないタイプ――というのは、まさに翼のことで。その真髄《しんずい》は、数々の逸話に裏打ちされているのだった。

翼と龍平。

周囲の視線はそんな規格外れの大物二人にばかり行きがちだが、明日香的には、あの二人の鼻面《はなづら》を取れる哲史が一番の大物だと、きっぱり断言できた。

ちょっと……。いや、その言動にはかなり変則的な片寄りがあっても、明日香にとっては、たった一人の弟である龍平が可愛くてしかたないが。それでも、高校入試前の一連の大騒動《だいそうどう》を思い出すと、

(あそこまでやられたら、さすがに、どんなに良く出来た人間でも重すぎて……怖《こわ》すぎて、フツー、ごっそり引いちゃうわよねぇ)

そんなふうに思ったものだ。

けれども。

母親が——明日香でさえも途方《とほう》に暮れてしまったことを、哲史は、投げ出さずにきちんと受けとめてくれた。

そのとき。

明日香は、つくづく思い知ったのだ。

人間としての度量の深さに年齢は関係なく、世間一般で言われているところの理屈《りくつ》も常識も当てにはならないものなのだと。

信頼と無償《むしょう》の行為だけが、言葉では計れない『絆』を生む。

運命の赤い糸。

——などと。明日香は、そこまで夢見るポエマーではなかったが。

それでも。

龍平たち三人を目《ま》の当りにすると、この世には、出会うことの『意義』と『必然』は確かに在るのだと思った。

同時に。

あーゆー修羅場《しゅらば》を経験したせいか、明日香はかえって肝《きも》が据《す》わってしまって。変な話、龍平がある日突然、

「テッちゃんをお嫁さんにしたい」

とか言い出しても、驚かないくらいの覚悟はできてしまった。

小学校時代、そんなふうにバカにされていたのがまるで嘘のように、今では、すっかり見違《みちが》えてしまった龍平だが。弟が、どれだけ熱烈《ねつれつ》にミーハーされて騒がれても、明日香の頭の中には、常に『龍平&哲史&翼』の三人がセットでインプットされていて。そのせいか、龍平が、可愛い女の子とまともに恋愛して『彼女』を作る――という光景がどうしても思い浮かばないのだ。

『ノロマのドン亀《がめ》』

姉として、

(それって、どうよ?――マズくない?)

そんな気がしないでもないのだが。

『性格に難あり』というレッテルを貼《は》られて、幼稚園《ようちえん》でも公園でも、とにかく集団から意味もなく疎外《そがい》されて弾《はじ》き出されてきた弟が、小学校に通い出してからは実に生き生きとして、事あるごとに、

「テッちゃん」

「ツッくん」

その言葉を連発して蕩《とろ》けるように笑う様が可愛くて、嬉《うれ》しくて。そんな弟を見ていると、自分も、それだけで、なんだか幸せな気分になって。

(そっかぁ……。龍平、すごくあの子たちが好きなんだ。よかったね。大好きな友達が二人もできて……)

きっちり、刷り込みが入ってしまったのかもしれない。

それでもって。

あのとき。

自分たち家族ではなく、哲史に向かって、

「俺のこと、見捨てないでッ」

今まで一度として聞いたことがない切羽詰《せっぱつ》まったような声で、顔で、龍平がそれを口にしたとき。ガッツンと、トドメを刺《さ》されてしまった気がしたのだ。

(図体《ずうたい》はデカくなっても、やっぱ、まだまだお子チャマよねぇ)

などと和《なご》んでしまうには、あの台詞《せりふ》は、猛烈《もうれつ》な『愛の告白』じみていて。実際、明日香は、思わずビビってしまったのだが……。

いや。

この際、龍平が幸せなら、

（世間様の常識なんか、どうでもいいや）

とか思ってしまう明日香は、立派な姉バカなのかもしれない。

だから。

哲史が蓮城家の家族になったときには、龍平が、もっと地団太踏んで悔《くや》しがるかと思っていたのに、案外冷静に受けとめていたのが明日香にはなんだか……おもいっきり肩透《かたす》かしで。そんな不満ともつかないものを、そのまま龍平にぶつけてみると、

「だって、俺ん家《ち》には、いつだってお母さんとお姉ちゃんが一緒《いっしょ》にいるけど。ツッくんのお父さんは忙《いそが》しくて、いつも帰りは遅くて……ツッくん独りぽっちだし。だから、ツッくんにはテッちゃんが必要なんだよ。もし、テッちゃんがウチの子になっちゃったら、ツッくん、きっと、寂《さび》しくて悲しくて……泣いちゃうよ」

きっちりとした答えが返ってきて。

見かけも中身もまったく正反対のようでも、哲史に対する剝《む》き出しの執着心《しゅうちゃくしん》を持つ片割れの心情は手に取るようにわかるのだろう。

そのとき。

明日香は。

(ふーん……。盛大にゴネまくった分は、ちゃんとそれなりに成長してんのねぇ)

ため息まじりに、いたく感動したことを覚えている。

反面。

もしも、これが蓮城家以外の、たとえば実の父親のところに……とかだったりしたら、問題はもっと複雑で深刻な展開になっていたかもしれないが。

そんな、龍平と翼の愛情のサンドイッチ状態にある哲史の最大のネックと言えば、嫉妬《しっと》まじりの嫌がらせの類《たぐい》で。翼絡《がら》みの災難がいまだに続いているのかと思うと、腹立たしいのを通り越《こ》してフツフツと怒《いか》りさえ湧《わ》いてくる明日香だった。

「テッちゃん。ツッくんの親衛隊に待ち伏《ぶ》せくらって、バッグで、顔面を一発叩《はた》かれたんだって」

「怪我《けが》、したの?」

「うん。目の横、切ったって」

母親も明日香も、思わずどっぷり——ため息を漏らす。

「高校生になっても、相変わらず、バカはどこにでもいるのねぇ」

「ツッくん。中学のときと違って、初めっから、エンジンばりばり全開だから。モテまくりパワーが炸裂《さくれつ》しちゃってんだよ」

頭脳明晰《めいせき》な超絶《ちょうぜつ》美形。

その上、毒舌も腕力も半端《はんぱ》じゃない。

――となれば、まさにパーフェクト。

けれども。

よほどの自信家でなければモーションかけるにもためらってしまうような冷然とした雰囲気《ふんいき》に気後《きおく》れして――いや、ビビリまくりで、たいがいの異性は一歩どころかごっそりと引いてしまう。

さすがに。

明日香は、翼の中では『龍平の姉』だと認識《にんしき》されているようだが。それでも、気軽にジョークを言えるような雰囲気でもない。

龍平とはまったく逆の意味で、翼も『重い』のだ。

そんな、女を寄せつけない硬派《こうは》――というには露骨に排他《はいた》的ではあるが、そういう禁欲的なカリスマなところに男はコロリとやられてしまうのだろうと明日香は思う。

「熱烈なファンの男子が鈴生《すずな》り状態？」

「うん。踏んでも蹴られてもかまわないって、感じ？　何でもいいから、ツッくんの気ぃ引きたくてウズウズしてんの」

「でも、ツッくん、そういう奴らって大嫌いだから。ンで、みんな、テッちゃんに八つ当たりすんだよね」

厄介《やっかい》なことだと思う。

熱くモエるファン心理などにはまったく興味も関心もない当の本人は哲史一途《いちず》で、それ以外の人間関係にはまるで冷めきっているのだから。

「今年の一年、ツッくんにぜんぜん免疫《めんえき》ないから、スゲー怖《こわ》い者知らずでさ」

「やっぱり、そこらへんは、いっぺんきっちりと、学校側に対処してもらった方がいいんじゃないの？」

「そんなの、やっても同じだって。よけいに陰湿《いんしつ》になるだけだし」

きっぱりと、龍平は言い切る。

「それに、問題が大きくなると、絶対、そういうことをやられる方にも問題があるんじゃないかって言い出すじゃない、親の方が」

それを言われると、もう、女性陣は眉間に深々と縦ジワを刻んでムッツリと黙り込んでしまうしかない。

ほかの誰でもない。

小学校時代の龍平が、それで散々な目に遭《あ》ってきたのだから。

「翼君の下僕かぁ」

『イジメる子も悪いが、やられる方にもそれなりの原因がある』

散々、言われてきた台詞である。

耳タコどころか、その言葉を聞くと、いまだに何とも形容しがたい憤激《ふんげき》が衝《つ》き上げてきて、市村家の母と姉はツプツプとアレルギー反応を起こしそうであった。

それなりの原因。

龍平の場合は、どこまでもマイペースで集団に溶《と》け込むことができなかった『性格』的なものであり。哲史の場合は、奇異《きい》な蒼眸《そうぼう》を持って生まれた『身体《しんたい》』的なものと、それに付随《ふずい》する特殊《とくしゅ》な『家庭環境《かんきょう》』のダブルパンチであった。

そんな三つの要因など現代社会ではどれもありがちなことで、今更《いまさら》、特別に珍しいことではない。

そんなことでメゲて歪《ゆが》んでしまう人間《やつ》が軟弱《なんじゃく》なだけ。

きっぱりと言い切ってしまう連中のすべてが、傲慢《ごうまん》だとはいわないが。他人の痛みに鈍感で無関心な奴は、それこそ、腐《くさ》るほどいる。

幸いにも、龍平も哲史も半端でなく打たれ強い性格をしていたもので、変に歪むようなことはなかったが。それは、ひとえに、翼という鉄壁《てっぺき》の存在があったからだ。

『イジメられる側にも、それなりの理由がある』

そう言って自分の子を庇《かば》う親バカに、学校側は軟弱すぎて何の当てにもできない。

だから。

翼は業《ごう》を煮《に》やして。

哲史と龍平にちょっかいを掛《か》けてきた連中に容赦《ようしゃ》ない鉄拳《てっけん》制裁を喰《く》らわせて、皮肉たっぷりに突きつけたのだ。

「だって、イジメられる奴が悪いんだろ？　イジメられる奴は性格に問題があって、親の教育が悪くて、だから、イジメられてもしょうがないんだろ？　あんたたち、そう言ったじゃん。こいつらがバカでクソみたいな性格してんのは、あんたたちがバカでクソで家庭環境がチョー最低だからだよ。だったら、俺に、何の文句があるわけ？」

ませくり返った口調で暴論じみた正論を叩き付ける、小学生。

――おそるべし。

『担任潰《つぶ》し』と恐《おそ》れられた翼は、同時に最凶《さいきょう》の『親バカ殺し』でもあった。

けれども。

それで、哲史に対するやっかみがすべてなくなったわけではない。

翼の大魔神《だいまじん》ぶりに恐れをなして、一時、沈静《ちんせい》化はしても。だったら、バレなきゃいいんだ……みたいな陰湿さに拍車《はくしゃ》がかかったのもまた、紛《まぎ》れのない事実でもあった。

誰もが別格と認める翼に、ただ一人だけ特別扱《あつか》いをされる者。

その証《あかし》が、まるで宝玉のような哲史の蒼《あお》い瞳《ひとみ》にすべて集約されているようで。ある意味、彼らもまたそれと知らずに、哲史の蒼眸にどっぷり……魅入《みい》られてしまったのかもしれない。

龍平にとっても。

翼にとっても。

心の拠《よ》り所は常に哲史であった。

誰が見ても一目瞭然《いちもくりょうぜん》の現実があからさまであればあるほど、哲史に対するやっかみは増す一方だった。

それをつぶさに見ていたから、龍平は龍平なりに、いつまでも守られているばかりではダメだと思ったのだ。

自分がもっと強くなって、今度は、自分が哲史を守れるように。翼はもう充分……いや、それ以上に強かったので、そんな必要もなかったが。

いつまでも『トロいドン亀《がめ》』では、いられない。

バスケに挑戦《ちょうせん》しようと一大奮起したのも、それで、少しは自分の中の『何か』が変わるかもしれないと思ったからだ。

それが、なぜバスケだったのかは……龍平自身にもわからなかったが。

最初は。練習にも、まるっきりついていけなくて。

なにしろ。ボールをまともに扱うどころか、その前の準備運動さえ、他人とまるっきりペースを合わせることができなかったのだ。

あれ？

——おかしいな。

——どうして？

すべてがそんな調子で。

一生懸命《いっしょうけんめい》やってるつもりなのに、歯車が噛《か》み合わずに空回りするばかりで……。

周りは、

「やめっちまえ」

「ウザイよ、おまえ」

「ジャマ、ジャマ」

「ヘタッピーは、引っ込んでろ」

その大合唱で。

さすがの龍平も、ちょっとだけメゲそうになったが。そのたびに、

「大丈夫《だいじょうぶ》。なんでも最後まであきらめないでガンバルのが、龍平のいいとこ。俺、龍平の一生懸命ガンバってるところがスキ」

哲史がそう言って励《はげ》ましてくれたから、頑張《がんば》れた。

「最初は誰だってヘタクソなんだよ。おまえは、それよりもっとヘタクソだから、どヘタ。どヘタには誰も期待してないんだから、やりたいようにやればいいじゃん」

いつものように翼がスカした口調でハッパをかけてくれたから、焦《あせ》りも迷いもなくなった。

どヘタは、誰が見ても『どヘタ』なんだから。変にカッコをつけてもしょうがない。

一番最低のドン底なのだから、今以上に落ちるところもない。だったら、あとは一生懸命頑張って上に行くだけ。

それで、いいのだと思った。

イヤになって投げ出すのも。

もうちょっとだけ、頑張るのも。

すべては――自分次第《しだい》。

あきらめてしまったら、そこで終わり。

それでも。

ちょっとだけ、キツイかなぁ……と思っているときに、どっしりと受けとめてくれる哲史と辛口《からくち》のアドバイスをくれる翼という心のオアシスがあったから、また頑張れた。

どヘタのド根性。

――と言えるほど、シャカリキにのめり込んでしまったわけではなかったが。地道な努力の積み重ねは、確かに報《むく》われた。

その結果として、今の自分がある。

あきらめないで頑張れば、それなりの『結果』は付いてくる。

それが、何より、嬉しかった。

自信になった。

今でこそ、龍平に対する嫌がらせも暴言もすっかり影を潜《ひそ》めてしまったが。それは、疎《うと》まれ続けた『性格』が急激に変容したわけでも、無理やりに改造したわけでもない。

ただ単に、バスケットプレーヤーとしての素質が運良く開化しただけで龍平を見る周囲の目が激変したのである。

龍平は、突然……まるで掌《てのひら》を返したように自分を賞賛する世間の『目』を、あまり信用してはいない。

今は、あれやこれやと歯が浮くようなことを言っているが。もし、これで自分が何かの拍《ひょう》子《し》にバスケができなくなってしまったら、きっと、また、あることないことの言いたい放題なのだろうと。

自分と世間の価値観には、大きな隔《へだ》たりがある。

それを知っているから、どんな美辞麗句《びじれいく》で持て囃《はや》されていても、龍平は派手に舞《ま》い上がることはなかった。

どんなときでも。

何があっても。

素《す》のままの自分をありのままに受け入れてくれるのは、家族と幼馴染《おさななじ》みの二人だけ。

だから。

その幼馴染みのためなら、何でもできる。

——といっても、できることは高がしれているが。

今の今。

龍平が哲史のためにできることといえば、かつて哲史がそうしてくれたように、何があってもどっしりと受けとめてやることだけだった。

何と言っても。周囲の思惑《おもわく》など関係なく派手にブッ飛ばすのは、昔から翼の役目だと決まっているので。

「——で？　翼君は、なんて言ってるの？」

「うーん……。別に、何とも言ってなかったけど、ものスゴイ怒《おこ》ってることだけは確か。ツッくんの声、地獄《じごく》の二丁目だったし」

ただでさえ、近寄りがたい威圧感《いあつかん》を飛ばしまくっている翼だが。その翼が怒ると、周囲の温度が一気に下がって凍《こお》る。

それは、もはや『暗黙《あんもく》の了解《りょうかい》』ではなく『公然の常識』だったが。

それでも。マジギレまでに三段階あることを知っているのは、たぶん、哲史と龍平の二人だけだろう。

『怒る』

『キレる』

『マジギレになる』

その微妙《びみょう》な違いは、しゃべるトーンの差になって現れる。

龍平は密《ひそ》かに、

『地獄の一丁目』

『地獄の二丁目』

『地獄の三丁目』

などと、名付けているのだが。

他人が聴《き》いても、きっと、その違いはまったくわからないだろうし。

逆に、どこらへんの『何』が『どう』違うのかと問われても、その微妙なニュアンスを他人に説明するのは難しい。

以前。明日香が、

「よくまぁ、声だけでそんなことがわかるわねぇ」

呆《あき》れたような、感心したようなことを言ったので。

それで、龍平が、

「でも、テッちゃんの方がもっとスゴイよ。声だけじゃなくて、顔つきでもわかるって言ってたもん」

その事実を口にすると。

明日香は、わずかに唇《くちびる》の端《はし》を痙《ひきつ》らせた。

「さすが、テッちゃんね。もしかして、翼君の表情筋を一ミリ単位で読めたりして？」

一ミリ単位かどうかはわからないが。龍平にもわからない翼の深情《しんじょう》を的確に読み取ることができるのは、哲史だけだろう。

とにかく。

電話の向こうの翼の声のトーンは『地獄の二丁目』で、気分はまさに、マジギレ寸前なのは間違いなさそうだった。

「翼君、あんまり無茶なことはしないといいんだけどねぇ」

母親の言葉に、しっかり深々と明日香が頷《うなず》く。

「あの子が暴走したら、手が付けられないもんね」

そういう過去の華々《はなばな》しい実績ならば、腐るほどある翼だった。

「大丈夫だよ。ツッくんなら、停学くらうようなヘマはしないってば」

「停学って……。ちょっと、龍平、あんたねぇ」

「そんなことになったら、テッちゃんが泣くし？　ツッくん、誰を泣かせてもぜんぜん平気だけど、テッちゃんを泣かせるようなマネだけはしないよ」

それだけは、きっぱりと言い切る龍平だった。

「……そうね。テッちゃんはあんたにとっても翼君にとっても、特別だもんね」

「うん」

特別。

その言葉が孕《はら》む独占欲《どくせんよく》。

執着《しゅうちゃく》。

その言葉に潜む、劇薬《どく》。

龍平も翼も、それを知っている。

だから。

龍平も翼も、哲史を泣かせるようなことはしない。

きっと。

——絶対。

杉本家の祖父が亡くなったとき、哲史は泣かなかった。

すっかり気落ちしてさめざめと涙にくれる祖母を抱きしめて慰《なぐさ》めるのが精一杯《せいいっぱい》で、哲史自身はその死を悼《いた》んで泣くこともできなかったのだろう。

それを思うと、龍平の胸はズクズクと痛んだ。

杉本の祖母が逝《い》ってしまったときも。気丈《きじょう》に振《ふ》る舞ってはいたけれど、哲史の蒼《あお》い目は、いつもの輝きがなかった。

逆に、そうやって気丈に振る舞えば振る舞うほど、小さな肩が痛々しくて。龍平は、グスグスと涙が止まらなかった。

翼には、

「デカイ図体《ずうたい》してベソベソ泣くな、鬱陶《うっとう》しい」

小突《こづ》かれたが。

「テッちゃんが泣けないいから、俺が代わりに泣いてんの。……でないと、おばあちゃん、安心して逝けないじゃない」

それを言うと。翼は珍しく、わずかに唇を噛《か》んでフイッと目を逸《そ》らした。

杉本の祖母が逝ってしまった今、哲史は本当に独りぼっちになってしまう。それを思うと、龍平は、涙が止まらなかった。

だから。

葬式《そうしき》のすぐあと。誰もいなくなってしまった家に哲史を一人残しておけない——とばかりに翼が哲史を蓮城家に強引に連れ帰ったことを知って、逆に、ホッとした。

悲しいときに泣けないのは、辛《つら》くて苦しいだけだろう。

翼の胸を借りて、ちゃんと泣いてほしいと思った。杉本の祖母が心残りなく、安心して光の階段を昇《のぼ》っていけるように。

そうしなければ、哲史がいつまでも祖母の死を引き摺《ず》ってしまうのではないかと。龍平は、それが怖くてしかたなかったのだ。

泣くだけ、泣いて。

そして、そのあとは、いつもの哲史でいてほしかったのだ。

いや。

違う。

本当は……。

龍平は、哲史の泣き顔を見るのが辛かった。

泣いて、楽になれるのなら、おもいっきり泣いてほしいけど。

それでも。

哲史の泣き顔は、痛くて。

——痛くて。

身体《からだ》の芯《しん》までズキズキ疼《うず》き渋《しぶ》るような気がした。

哲史が顔を歪め、声を搾《しぼ》り出して泣きじゃくった——あの日。

あれは、中学一年の七月の初めのことだった。

三人が通っていた小学校で、もはや、龍平と哲史にチョッカイを出すような命知らずはいなかったが。中学生になると、三者三様、また新たな攻防《こうぼう》が始まった。

もちろん。一番派手で騒がしかったのは、翼だったが。陰湿だったのは、哲史に対する嫌がらせだった。

そんな中でも。

しっこく。

――しっこく。

――――しっこく。

なんでここまで哲史に構うのか……と、腹立たしくなるほどに絡んでくる奴らは、他の小学校の出身者で。そのたびに、例によって例のごとく、翼がどやしつけていたのだが、それでも収まらなくて。龍平は、いつになく、不安で……不安でたまらなかった。

連中が翼のファンで哲史に八つ当たりをしているのではなく、最初から哲史に的を絞《しぼ》って絡んできたからだ。

『その目……本物？』

『まるっきり、エイリアンじゃん』

『げぇぇッ。気っ持ち悪ィィ』

だから、翼も龍平も、いつも以上にベッタリ哲史に張り付いていた。

そうやって睨《にら》みをきかしているときには、連中は何もしかけてこなかったからだ。

変に、ズル賢《がしこ》くて。

粘着質《ねんちゃくしつ》で。

妙に、つかみ所がなくて。

それでいて、いつもヘラヘラと薄《うす》ら笑いを浮かべた——気色の悪い奴。

龍平は、そいつらの顔を見ていると気分が悪くなった。

冗談《じょうだん》でも、ただの気のせいでもなく。

本当に、マジで吐《は》き気《け》がしてきそうだった。

哲史が自分たちにとっては『特別』だと誇示《こじ》することで、逆に、クラス中がぎくしゃくとした険悪な雰囲気になっていくことには気付いていた。哲史はそれを気にしていたが、はっきり言って、龍平も翼も、そんなことは別にどうでもよかった。

クラスの『和』よりも、哲史が大事だった。

連中の、哲史を見る、しつこく、ねっとりと絡む視線が嫌だった。

気持ち悪くて、虫酸《むしず》が走るほどの嫌悪《けんお》感があった。

天然ボケ——だとか、恐竜《きょうりゅう》並みの鈍さ——だとか言われる自分でさえそうなのだから、哲史に関しては人並み外れた鋭《するど》いアンテナを張《は》り巡《めぐ》らせている翼にしてみれば、たまらないほどの不快感だっただろう。

いつもとは違う。

その確信めいたものがあったから、龍平も翼も、哲史が、

「もう、いいって。そんなに、俺にかまわなくっていいってば」

そんなふうに言っても取り合わなかった。

それでも。

それだけ気をつけていても、間の悪さというのはどうしようもない。

翼と二人してクラスの担任から不本意な呼び出しをくったときも、本当は哲史一人を残して談話室などには行きたくなかった。

だが。哲史も連れていこうとして、担任に怒鳴《どな》られた。

「おまえらのそういう態度がクラスを険悪にしてるのが、わからんのかッ。杉本、おまえも、一人じゃ何にもできない赤ん坊じゃあるまいし、いいかげんにしろッ」

その台詞《せりふ》に、龍平は呆《あき》れ返った。

（この人、バッカじゃないの？）

そして。失望した。

自分たちがクラスで浮いているのは間違いなかったが、クラスを険悪にしている元凶《げんきょう》はほかにいる。

そんなこともわからないのかと思うと、さすがの龍平も眉間にシワが寄った。

しかし。

翼は、もっと辛辣《しんらつ》だった。

「――なら、もし、何かあったら、あんたが責任取るわけ？」

たった四ヵ月前まで小学生だった翼に『あんた』呼ばわりされて、充分大人であるはずの三《み》十路《そじ》間近の担任はキレた。

「いいから、さっさと来いッ！」

翼の胸倉《むなぐら》をつかんで引き摺っていこうとした。

超問題児《ちょう》――とのレッテル付きの翼にナメられたままでは、教師としての沽券《こけん》に関《かか》わるとでも思ったのかもしれない。

「きったねー手で、気安く俺に触るんじゃねーよ」

激昂《げっこう》した担任とはまったく逆に、更に暴言を吐く翼のトーンが一気に落ちた。

地獄の三丁目――である。

さすがに。これは、マジでヤバイと思って、

「先生ッ。俺たち、行きますッ」

思わず龍平が二人の間に身体を入れると同時に、哲史が、

「翼ッ」

翼の腕《うで》をつかんだ。

「大丈夫だから。な？　行って来いって」

翼は、大いに不満そうだった。

不穏《ふおん》に眇《すが》められた双眸は、それを隠そうともしない。

その反対の腕をつかんで、

「ツッくん。ほら、行こう。行って、さっさと終わらせようよ。ね？」

龍平は離《はな》さなかった。ここで担任とトラブると、もっとマズイことになりそうな気がしたからだ。

それでも。

心配だったので。

龍平は一番近くにいた女子に、

「えっ……とぉ。斎藤《さいとう》さん。悪いけど、あと頼《たの》むね？」

にっこり笑顔《えがお》で『お願い』をした。

「俺たち、談話室にいるから。……ね？」

何もないとは思いたいが。

もしも、何かあったら、すぐに知らせてね？——と。

彼女はいきなりの名指しで、ボッと顔を赤らめて固まってしまった。

談話室で。

翼と龍平は、本来の話題に入る前にこってりと説教を喰らった。

二人は、じっと我慢《がまん》していた。こんなくだらないことは、さっさと終わらせてしまいたかったからだ。

怒鳴るだけ怒鳴って、ようやく気が済んだのか。担任は、大きく息を吐いて、居住まいを正した。

そのとき。

突然。

談話室のドアが荒々《あらあら》しく開いて、斎藤と数人の女子が飛び込んできた。

「あのッ……」

みなまで聞かずに、

「お…いッ。こらッ、おまえらッ！」

声を荒《あら》げる担任を置き去りにして、飛び出した。

息を切らして、二人が教室に戻ってみると。そこには、廊下《ろうか》の窓から遠巻きにする女生徒とは別に、教室内には男子生徒の人垣《ひとがき》が出来ていて。

無言のまま、そいつらをド突いて蹴り飛ばしてどかせると。その真ん中で、哲史に馬乗りになって、そいつが……ニヤニヤ笑っていたのだ。

哲史の制服のシャツのボタンは引き千切られていた。

哲史のズボンは脱《ぬ》がされて。

上靴《うわぐつ》どころか、靴下も片方はどこかに飛んでいた。

哲史の周りで野次っていた男の手には、哲史のズボンがあり。そいつは、まるで戦利品であるかのようにそれをグリグリと振り回して、囃《はや》し立てていた。

それを見たとき。

龍平は。

全身の血が一気に沸騰《ふっとう》するような気がして、ガンガン耳鳴りがした。

目の前が赤く染まって、脳味噌《のうみそ》が灼《や》けつくかと思った。

その次の瞬間《しゅんかん》には、もう、ズボンを振り回していたクラスメートの背中におもいっきり蹴りを入れていた。

あとはもう、何がどうなったのか……わからない。

ただ、そいつらの中から、哲史を助け出すことだけしか考えられなくて。

「テッちゃん……テッちゃん。大丈夫?」

哲史を抱《だ》き起こして、立たせる。

哲史の唇は切れて血が滲《にじ》んでいた。

ハンカチで血を拭《ぬぐ》って、奪い取ったズボンを履《は》かせる。

すると、哲史が、

「りゅ……へぇ……。つば…さ……止めて……」

掠《かす》れ声で言った。

それで、慌てて振り向くと。表情を無くして能面状態になった翼が、うずくまったままの男を容赦《ようしゃ》なく蹴り上げていた。

龍平は、慌てて翼を羽交《はが》い締《じ》めにした。

「ツッくんッ、やめてッ。もういいよッ」

その龍平を、物凄《ものすご》い力で振り切り。翼は、今度は、ゲロを吐きながら泣きわめいている奴の頭を殴《なぐ》りつけた。

それでも、まだ、収まらないのか。鼻血を流している男をギロリと睨《にら》んで、ズカズカと歩み寄っていった。

——と。

そいつはヒクリと全身を硬直させて、失禁した。

そのまま、その男に蹴りを入れようとしたとき。哲史が、その背中にしがみついた。

「つば……さッ。……翼ッ。も……いい。もぉ……やめろ……ってぇ。おれ……俺……大丈夫……だから……」

すると。

翼は。

それまでの阿修羅《あしゅら》ぶりがまるで嘘のように……。まるで、電池が切れたロボットのように微《び》動《どう》だにしなかった。

「もぉ……いいから。翼……」

翼の背中にしがみついた哲史の肩が、震《ふる》えていた。
握《にぎ》り締《し》めたままの翼の拳《こぶし》をそっと撫《な》でて、
「痛かった……だろ？　ゴメンな」
言った。
そして、龍平を振り返ると、
「龍平も、ゴメンなぁ。こんな奴ら、殴らしちゃって……ゴメ……ン」
ボタボタと涙を零《こぼ》した。
辛《つら》そうに。
——苦しげに。
切れた唇を歪めて。
——頬《ほお》を痙らせて。
喉《のど》の奥から声を搾《しぼ》り出すように。
——泣いた。
初めて見た、哲史の泣き顔。
こんな泣き顔なんか、二度と見たくないと龍平は思った。
だから。
そんな顔をさせた奴らが、なおのこと許せなかった。

そんな奴らのやることを、黙って見ていただけのクラスメートも。

結局。

殴っただけじゃ翼の気は収まらなくて、そのあと、そいつらを一列に並べて、土下座させたのだった。

それ以後。担任は、なんとか翼とのコミュニケーションを計ろうとしたが、翼は、完璧《かんぺき》に無視状態で。中学生になっても、結局、翼の担任潰《つぶ》しは健在であることが実証されてしまったのだった。

そして。

そのときから。

哲史は、黒のカラー・コンタクトレンズを装着するようになった。

あの、綺麗《きれい》な……世界に一つしかない宝石のような蒼い眼《あおめ》を、哲史は隠してしまった。

龍平も、翼も、そんなことには大反対だった。

なのに……。

哲史の決意は堅固《けんご》だった。

それは。高校生になった今も、変わらない。

哲史の蒼い眼は、蓮城家にいるときだけでしか見られなくなってしまった。

翼は、一日に一度は必ず哲史のそれを見ることができるのに。龍平は部活に追われまくって、このところ、ぜんぜん、まったく見ていない。

ズルイ。

——とは言わないが。

ものすごく不公平だとは思う。

だから。絶対、今度はじっくりと哲史の蒼の宝石を見せてもらうのだ。

そのためにも、哲史を誘《さそ》って、バッシュの紐《ひも》を一緒に買いに行きたかったのだが……。

(まったく、もう……。せっかくのチャンスだったのにィ……。あんなバカ野郎のために、台無しになっちゃったよ。あぁぁッ、腹立つなぁ、もう。ツッくんの代わりに、俺が一発ブン殴ってやりたい)

それを思って、ギリギリ奥歯を軋《きし》らせる龍平だった。

＊＊＊＊＊　II　＊＊＊＊＊

その日は。

雲ひとつない、すっきりと目映《まばゆ》いばかりの五月晴《さつきば》れだった。

——なのに。

早朝の沙神《さがみ》高校本館校舎では、季節外れのブリザードが吹《ふ》き荒《あ》れていた。

蓮城翼は怒《いか》っていた。

深く。

静かに。

ひたすら。

フツフツ……と。

そのせいで、ごくごく日常的に冷然とした近寄りがたい威圧感《いあつかん》を醸《かも》し出す美貌が、今は一段と凄味《すごみ》を増していた。

『地獄の大天使《ヘル・エンジェル》』

ベタなネーミングセンスを笑うに笑い飛ばせない、そんな中学時代の翼のキレぶりを知る者がいたら、とばっちりの余波を恐れて、ソッコー、その場から逃げ出していたかもしれない。

あるいは。

過去一年間。

大なり小なり、好むと好まざるとにかかわらず、その片鱗《へんりん》の洗礼を浴びてきた二・三年生であれば、

『触らぬ神に祟《たた》りなし』

――とばかりに、そそくさと目を逸らしていただろう。誰だって、やはり、我が身が一番可愛《かわい》いに決まっているのだし。

しかし。

沙神高校に入学して、一カ月。

幸か不幸か。本館校舎の一年生たちはようやく地に足が着いてきたばかりの、真《ま》っ新《さら》状態のパンピーだった。

もっとも。

同じパンピーでも、ジェンダーギャップによる認識《にんしき》の格差とでも言えばいいのか。常日頃《つねひごろ》か

ら『蓮城翼』に対するリアクションには、男子と女子の間にはプラスとマイナスほどの温度差があるのは明白な事実ではあったが。

翼が廊下を歩くだけで、女子生徒は無意識に壁にへばりつく。まるで、目には見えない威圧感《バリア》に押されるように。

むろん。言葉は——ない。

翼が視界から消え去るまで、じっと息を詰め、その場に立ち竦《すく》んでいた。

対して。

男子生徒は、

「なぁ、あれって……蓮城さん、じゃない？」

「……ホントだ」

「カッコ、いいよなぁ」

遠巻きにもうっとりと視線を這《は》わせているのが、いかにも対照的だった。

「でも、どうしたんだろ」

「何が？」

「いや……。蓮城さんが、朝っぱらから本館に何の用かな……とか思って」

普段は新館校舎の住人である二年生の翼が本館に姿を見せることは、滅多《めった》にない。ましてや。授業が始まる前に……ともなると、皆無《かいむ》だと言ってもいい。

なのに。

今朝は、いったい、どういう風の吹き回しだったりするのだろう。

なんで？

――どうして？

突然の珍事《ちんじ》に目を瞠《みは》って、誰も彼もが足を止める。

ドキドキ。

……ワクワク。

…………ソワソワ。

興味津々《きょうみしんしん》の視線は魅入《みい》られたように呪縛《じゅばく》されて、釘付《くぎづ》けになる。

けれども。

そんな落ち着きのない、遠巻きにした物珍《ものめずら》しげな驚きが、

「相変わらず、スゲー迫力……」

「……て、いうか。凄すぎ？」

「気のせいかな。なんか……ゾクゾク寒気がするんだけど」

「おい。誰か……親衛隊の連中呼んできた方が、いいんじゃねー？」

おっかなビックリのヒソヒソとした囁《ささや》きに変わるのは、意外に早かった。

このままだと、なんか……マズイかも。

何がなんだか、よくわからないけど。ちょっと、ヤバそう……。

いくら免疫《めんえき》のない真っ新状態だとは言え、やはり、凶悪《きょうあく》な威圧感《フェロモン》をズルズル垂れ流しにしている翼を眼前にすると、それだけで本能にバシバシ訴《うった》えかけるモノがあるのかもしれない。

そんなことを知ってか、知らずか。

翼は、ゆったりとした足取りで一年の教室がある三階まで階段を昇《のぼ》りきる。

その頃には、早朝の椿事《ショッキング・ニュース》は物の見事に伝播《でんぱ》して、どのクラスも朝のHRが始まる前のざわめきなど微塵《みじん》も感じさせないほどにシンと静まり返っていた。

ぎり。

――ぎり。

――――ぎりッ。

奥歯を軋らせて歩く翼の怒りは冷めない。

それどころか。

何よりも、誰よりも大事に思っている哲史を傷物にされた憤激は、時間が経《た》つにつれて、低温火傷《やけど》をしそうなほどにブスブスと燻《くすぶ》り続けていたのだった。

左顔面の擦過傷《さっかしょう》。

擦《す》れ違《ちが》い様《ざま》に一発、サブバッグで顔面を叩《はた》かれたのだという。まったくもって、許し難《がた》い暴行であった。

「おまえのファンの、いつもの八つ当たり」

哲史は、こともなげにそう言ったが。そうやって気丈に振る舞えば振る舞う程《ほど》、こめかみ近くの絆創膏《ばんそうこう》が痛々しくてならなかった。

自分の親衛隊を自称《じしよう》する奴らが身の程知らずにも哲史を待ち伏せにし、その果てに及《およ》んだ蛮《ばん》行《こう》だと思うと、翼の怒りはどうにも収まらなかった。

(——ヤロー。俺の哲史にケガなんかさせやがってぇ……)

ツプツプと、怒りの火柱が立って。

ピシピシと、蒼いプラズマが走る。

好きなのに……プライドが邪魔《じやま》をして好きとは言えず。誰よりも大事にしたいと思っているのに憎《にく》まれ口を叩《たた》いて後悔《こうかい》したことなら、山ほどある。

しかし。片意地を張って嫌というほど哲史を困らせたことはあっても、撲《なぐ》ったことは一度もない。

それどころか。哲史にケガをさせるくらいなら、自分が身体を張って痛い目を見た方が百倍マシだとさえ思っている。

だから。今回のことは、腸《ハラワタ》どころか脳味噌までもがグツグツ煮えたぎる。

クソ。

——クソ。

――クソッ。

（みんなまとめて、シバき倒《たお》してやるッ）

売られた喧嘩《けんか》は三倍返しが翼のモットーだが。直接的であろうが間接的であろうが、自分絡みで哲史が実害を被《こうむ》った場合は問答無用の晒《さら》し首だった。

昼休みになると弁当を食べに哲史のクラスに通う翼のために、毎日、日替《ひが》わりで椅子《いす》を抱《かか》えて付き随《したが》うそいつらが、

『蓮城翼の椅子持《ケツ》ち』

皮肉たっぷりに揶揄《やゆ》ってそう呼ばれていることは、翼も知っていた。

知ってはいたが、別に、なんとも思わなかった。

自分が頼んでやってもらっているわけではない、昼食時の椅子当番。

「やらせてくださいッ」

「お願いしますッ」

そう言われて、奴らの好き勝手にやらせておいたのは。なくても別に困らなかったが、あっても邪魔にはならなかったからだ。

ただ――それだけ。

ウザイのは、嫌《きら》い。

自分に向けられる『敵愾心《てきがいしん》』以上に、『好意』という名の押しつけがましい感情には虫酸《むしず》が

走る。

やりたきゃ別にやってもいいが、だからといって、何も期待するな。

それだけは、最初にきっちり宣告しておいた。

やつらは、恩着せがましいことは一切口にしなかった。

無駄口《むだぐち》を叩かず。やることをやったあとは、さっさと帰っていくだけ。

毎日が、その繰り返しだった。

何の『約束』も『見返り』もない自己満足に、いったい、どれほどの価値があるのか。そんなことは、翼の知ったことではなかった。

例によって例のごとく、超天然が入った大物――幼馴染みの片割れである龍平が、

「どんな安物だって、ツッくんの座る椅子は『王様の椅子』なんだから。クラスの外に持ち出したりしたら泥沼《どろぬま》の争奪《そうだつ》戦になって、血ぃ見るんじゃない？」

そんな、龍平にしか言えないような台詞をサラリと吐きまくったときも、別段、気にも止めなかった。

どこの誰が椅子を持ってこようと、ちゃんと時間通りに座って昼飯が食えるのならば、翼的には何の問題もなかったからだ。

ちなみに。

翼の椅子が『王様《キング》』ならば、龍平が座るそれは、当然『王子様《プリンス》』の椅子と呼ばれており。日

替わり当番で二年三組の女子が龍平の笑顔《えがお》付きの『ありがとう』を独り占めにできる至福を満喫《まんきつ》している裏で、他所《よそ》のクラスの女子軍が羨望《せんぼう》と嫉妬《しっと》の金切り声を張り上げていたことなど、もちろん、龍平は知らない。

いや……。

たとえ、それが、誰かの口から耳に入ったとしても。龍平のことだから、例の調子でいっそあっさりと、

「え…？　そうなの？」

その一言で終わり——という気がしないでもないが。

とどのつまり。

翼にしろ。

龍平にしろ。

自分の座る椅子が何と呼ばれようと、そんなモノには何の執着《しゅうちゃく》も関心もないわけで。貴重なオアシスタイムである昼飯を三人揃《そろ》って美味《おい》しく食することができれば、何の不満も異存もないのだ。

ただ。それを邪魔する輩《やから》は、強制的に排除《はいじょ》することもためらわない。それだけのことなのだった。

なにより。他クラスの女子軍の欲求不満の皺寄《しわよ》せがエスカレートして哲史への捌《は》け口にならない

ないのは、やはり、それをやって悲惨《ひさん》な返り討《う》ちにあっている懲《こ》りない男たちの実例の数々を目《ま》の当りにしているからであって。そんな、自業自得《じごうじとく》の派手な醜態《しゅうたい》を曝《さら》して龍平に軽蔑《けいべつ》されるのも嫌だったが、それ以上に、あの『蓮城翼』の耳にでも入ったら生きた心地《ここち》もしない――というのが彼女たちの偽らざる本音であった。

罵詈《ばり》雑言《ぞうごん》の鉄拳制裁の前に、ジェンダーの壁は存在しない。

それは。

図《はか》らずも、入学した当初の、

「ウルセーッ、どブスどもがッ。許可なく俺の視界に入ってくるんじゃねーッ！」

ドスのきいた罵声で見事に実証された。

蓮城翼には、女だから……という甘い考えはまったく通用しない。

初っ端《しょぱな》に、いきなり『ガツンッ！』とカマされたから、その衝撃《インパクト》も大きかった。

そして。慣れる前に、容赦なく『バシバシ』撲り飛ばされたから、かえって無駄な期待をせずにすんだ。

それゆえに。彼女たちの危機意識の認識《にんしき》度は、男子のそれよりもはるかに高い。その甲斐《かい》もあってか、喜ばしいことに、あれ以降、翼の罵詈雑言の餌食《えじき》となった女子はただの一人もいないのだった。

それは、

『なぜ、男たちは、性懲《しょうこ》りもなく杉本哲史に無駄な因縁《いんねん》を吹っかけて自爆《じばく》するのか？』

女子の素朴《そぼく》な疑問と同じく、男子にとっても、

『あれだけ派手に市村龍平にミーハーしてるくせに、どうして、女は、杉本哲史とトラブらないのか？』

いくら頭を捻《ひね》っても解けない謎《なぞ》であった。

とにも、かくにも。

翼にとって、自分の一挙一動に周囲が過剰《かじょう》反応をする日常にはうんざりするのを通り越して、もはや、黙殺《もくさつ》状態に近い。それが自分と哲史に跳《は》ね返ってくる実害《ひのこ》でなければ、あとはどうでもいい翼であった。

そこに椅子があるから、座るだけ。

翼にしてみれば、その程度のことだった。

——なのに。

翼は、今更のように臍《ほぞ》を咬《か》む。

昨夜、遅く。どういう経緯《いきさつ》でその一件を知ったのか。哲史のことを心配して、龍平が電話を掛けてきた。

「テッちゃん、ツッくんのケツ持ちに待ち伏せ喰《く》らって因縁吹っかけられてたって聞いたんだけど、大丈夫？」

いつもは。何があってもノーテンキなくらいにまったり感の抜けない龍平なのだが、さすがに、哲史のことになると声のトーンからして違う。

日常的に、いつもハイテンションなノリで哲史に懐きまくる龍平しかみたことのない女子軍には、きっと、想像もできないだろう龍平のもう一つの『顔』だった。

哲史はいつまでたっても保護者意識めいたものが抜けないようだが。そういうときの龍平の顔つきは、確かに『男』のそれだった。

だから、きっと。受話器の向こうの顔は、さぞかし見映《みば》えのいい顔つきになっているに違いないと思った。

翼が哲史から聞き出した事実をありのままに告げると、それまで一言も口を挟《はさ》まずに聞いていた龍平は、どっぷりとため息を漏らして、

「ツッくん、普段はバリバリに頭キレすぎるくせに、肝心《かんじん》なとこで学習能力なさすぎ」

辛辣《しんらつ》すぎる正論《ぼうげん》を吐いて、一発、派手に後頭部を張り飛ばしてくれた。

電話口での、痛すぎる鉄拳だ。

(天然ボケのくせに……。たまにグサグサ吐きやがるよなぁ、龍平の奴)

久々に――効《き》いた。

打てば響《ひび》くような毒舌で撲《は》り返せなかったのは、翼自身、自覚ありありのドツボ――だったからだ。

そのままムッツリ黙っていると、龍平は更に、

「ツッくんが男タラシの達人なのは、今に始まったことじゃないけどさぁ。それにしたって、ツッくんのコアなファンってタチ悪いっていうか、懲りないっていうか……。みんな、頭悪すぎだよねぇ。テッちゃんに八つ当たりすれば、ツッコーでツッくんに嫌《きら》われるのなんかわかりきってるのに、なんでかなぁ。もしかして、下僕根性が骨の髄《ずい》まで染み付いた真性のマゾヒストだったりして」

言いたい放題に吐きまくってくれた。

(龍平の奴……。もしかして、相当頭にキてんのか?)

翼とはまた別の意味で感情の沸点《ふってん》が異様に高い龍平は、ブチ切れるまで、めいっぱい溜《た》め込むタイプだ。

その代わり、滅多に入らないスイッチが入ってしまうと大爆発《だいばくはつ》してしまう。

それはそれとして。奴らが真性マゾであろうがなかろうが、そんなことはどうでもいいが。男タラシの達人——などと、無自覚に女をタラシまくっている奴には言われたくない台詞である。

だが。あれだけ派手にタラシまくってるくせに、中学時代からこっち、龍平絡みで哲史が女子とトラブったことはただの一度もないのは厳然たる事実であって、

『なんで?』

『どうして？』

『こんなの、絶対、不公平だッ』

八つ当たりの拳《こぶし》を振り上げるのもバカらしくなるほどであった。

翼は、龍平のように人前で堂々と過剰なスキンシップに励《はげ》んだこともなければ、

「一番好きなのは、テッちゃん」

ところかまわず熱愛宣言（？）をブチかましたこともない。

なのに、である。

翼の熱烈な信奉者《ファン》を自称するバカどもは、哲史ばかりを目の敵《かたき》にする。

つまりは。わざわざ口に出さなくても、いちいち態度で示すまでもなく、それだけ自分の哲史に対する『特別』な感情が露骨なのだろう。

自覚がありすぎて、今更、居直る気もない翼だが。だからといって、クソバカどもの愚行《ぐこう》を容認する気など更々なかった。

それどころか。そんなケタクソ悪いモノを見せつけられるたびに不快の極《きわ》みで頭が煮えたぎり、本気でブチ殺してやりたくなる。

欲しいのは哲史だけなのだ。

ほかの男には——いや、女にも、まるっきり興味も関心もない。

哲史だから、思う存分キスを貪《むさぼ》りたい。

──セックスをしたい。

奥の奥まで抉《えぐ》って。

おもうさま、掻《か》き回して。

声が掠《かす》れるくらいに鳴かせて。

──イかせて。

何度でも一つに溶《と》け合いたい。

そう思うのは、あとにも先にも哲史だけだった。

『男』に欲情するのではない。

『哲史』にだけ、発情するのだ。

ごく普通の日常生活において、翼は、たとえ龍平が相手であっても、自分から好んで男の手を握りたいなどとは微塵《みじん》も思わないが。トロリと潤《うる》んだ哲史の蒼眸《そうぼう》を思い出すだけで股間《こかん》が疼《うず》いて、じわりと熱が溜まる。

そんなふうに翼の劣情《れつじょう》を煽《あお》るのは哲史だけで、ほかには誰もいない。

哲史とのセックスはただの排泄行為《はいせつこうい》でも生殖《せいしょく》本能でもなく、愛情表現だ。それだけは、自信を持って言える。

幼馴染み──という言葉で一つに括《くく》ってしまうには濃密《のうみつ》すぎる『絆』。それを勝手に掻き毟《むし》る害虫は、容赦なく叩き潰すだけだった。

（佐伯翔《さえきしょう》……だったよな）

昨夜、龍平から聞き出したその名前を、翼は奥歯でギリギリと噛み潰す。

興味のないことに対してはすこぶる冷淡で、その存在など視界から綺麗に抹殺《まっさつ》してしまえる翼は、当然、親衛隊の顔もろくに覚えていないし、もちろん、名前も知らなかった。

同じく。翼の『ケツ持ち』などにはまったく関心もないだろう龍平が、どうしてそいつらの名前を知っていたかといえば、

「クラスの女子に聞いた」

――からだそうで。自称親衛隊のリーダー的存在の佐伯は中学テニス界ではかなりな有名人だったらしく、

「どっかの高校のスポーツ特待の推薦蹴《すいせんけ》って沙神《ウチ》に来たのは、去年の文化祭でツッくんに一目《ひとめ》惚《ぼ》れしたからだって公言してるんだってさ」

そこらへんのことは、学内では誰一人知らぬ者はない『当然《ゆうめい》な常識《はなし》』だと言う。

そのとき。内心、

（なんだ。おまえみたいな変人が、ほかにもいたのか）

などと思ったことは、さておき。

きっと。こんなことになるまで、そんなことも知らなかったヒジョーシキは自分と哲史と龍平くらいなものなのだろうと、翼は思った。

幼馴染み三人《トリオ》の中では一番の常識人である哲史も、そういう意味では情報通とは言いがたいし。変則的なプライドの在り方なら翼と双璧《そうへき》である龍平に至っては、まるっきりの問題外であった。

その証拠《しょうこ》に。

龍平は、クラスの女子から聞きかじった話を部活の先輩に振って、逆に、

『なんだ、おまえ、そんなことも知らなかったのか？』

おもいっきり呆れられたクチらしい。

もっとも。そのあと、すぐに、

『まっ、市村だからなぁ。しょうがねーか』

とも、言われたらしいが。

そのときに感じた疑問を、電話口で、

「あれって、どういう意味なのかな」

真剣《しんけん》に大ボケをカマす龍平に、翼は、

「天然ボケには誰にも勝てないってことだろ」

遠慮《えんりょ》なく真実を突きつけて、ちょっとだけ、溜飲《りゅういん》を下げた。

それは、ともかく。去年の文化祭——と言えば、翼にとってはクソ面白《おもしろ》くもない記憶《きおく》しかなかった。

なぜなら、

『入学式で新入生総代だった者は、その年の一年間は学内公式行事には生徒会総務への参加が義務付けられている』

――という不文律があるとかで。翼にとっては、

（そんな話、聞いてねーよッ）

寝耳《ねみみ》に水の、まったくもって不本意きわまりない生徒会執行部《しっこうぶ》からの直々の名指しで、午前中は受付で強制的に客寄せパンダをやらされたからだ。

ただの、言葉の綾《あや》ではない。

その日。

まさしく翼は、千客万来の『招き猫《ねこ》』だったのだ。

もっとも。

派手に、耳障《みみざわ》りな嬌声《きょうせい》を張り上げて喜んでいたのは、思わぬ眼福に興奮している節操のない野次馬《ギャラリー》だけで。翼にしてみれば、ただの晒《さら》し者になっているとしか思えなかったが。

当然、気分は最悪。

険悪。

――凶悪《きょうあく》。

その三《み》つ巴《どもえ》のトルネードで。

途中《とちゅう》、哲史と龍平が揃《そろ》って『ご機嫌伺《きげんうかが》い』にやってこなければ、マナーもモラルの欠片《かけら》もないカメラ付き携帯《けいたい》電話であからさまに盗撮《とうさつ》される胸くそ悪さに忍耐《にんたい》も擦《す》り切れて、

(てめーら、いいかげんにしろッ)

罵声《ばせい》一番、受付のテーブルを蹴り倒していたかもしれない。

むろん。

それ以上に。

テント周辺に溜《た》まって動かない女どもの集団のせいで受付業務に支障をきたしながら、そんな騒《さわ》ぎになってもただオロオロするだけで、何の対策も打てない総務の連中の無能ぶりにもかなりムカついていたのだが。ムカつけばムカつくほど表情がなくなって絶対零度《れいど》の鉄仮面状態になってしまう翼に平然と声をかけられる豪傑《ごうけつ》など、沙神高校にはたった二人しか存在しない現実を翼がきちんと認識していたかどうかは……あやしい。

そんな希有《けう》な大物二人——などと言われても、ある意味、両極端《りょうきょくたん》に突き抜けてしまっている当人たちは当惑《とうわく》するだけだろうが。哲史も龍平も、黒山の人だかりの真ん中で、マジギレ寸前の凶悪なオーラを垂れ流す翼を見捨てては帰れないとでも思ったのか。

それとも。あとのフォローに辟易《へきえき》するのも面倒《めんどう》だと思ったのか。

さすがに、幼馴染み歴も十年目になると、そのあたりの臨機応変な対応も実に手慣れたものSで。哲史は、受付のテント内にある紙に、マジックでデカデカと『撮影禁止』と書いて自分が

被《かぶ》っていた学校指定のスポーツ帽子《キャップ》に張り付けると、何のためらいもなく翼の頭に、ざっくり目深《まぶか》に被せて。周囲を——絶句させた。

啞然《あぜん》。

……呆然《ぼうぜん》。

………憮然《ぶぜん》。

冗談《じょうだん》？

——演出？

——マジ？

何の前置きもなくいきなり目の前で始まってしまったパフォーマンスに、黒山の人だかりは度肝《どぎも》を抜かれて、ただ——放心。

もっとも。

同じ絶句状態でも、受付テント内では、

『うっ……ギャァァァァァァッ』

『ひっ……エェェェェェェッ』

『いっ…ヤァァァァァァァッ』

『ギョッ…えぇぇぇぇぇぇぇッ』

ムンクの叫びも斯《か》くやと思《おぼ》しき、声なき絶叫《ぜっきょう》状態のブリザードが吹き荒れていたのだが。

そんな周囲の状況《じょうきょう》などはまったく無視して、けっこう……どころか、やることはかなり桁外《けたはず》れな豪傑《つわもの》――哲史は。

「もうちょっと頑張れよ。翼の耳元で、昼は、特製弁当が待ってるからな」

駄目押しで囁くことも忘れなかった。

それだけで、キリキリに尖《とが》っていた翼の眦《まなじり》からあっさりと険が取れ、喉元《のどもと》まで迫《せ》り上がってきた胸くそ悪さは霧散《むさん》し、あられもない毒舌を嚙み潰していた唇は喜色を刷《は》いてうっすらと綻《ほころ》びた。

これだから、哲史には敵《かな》わない。

それを思うと、くつくつと忍《しの》び笑いさえ漏れてしまいそうで。

翼は、目の前にブラ下がった『撮影禁止』の紙をわずかに指で弾《はじ》いて腕を組むと、椅子の背をキコキコ言わせながら満足げに踏ん反り返った。

そんな鮮《あざ》やかな変貌《へんぼう》を偶然《ぐうぜん》目にした隣《となり》の受付嬢《じょう》は、一瞬――呆気《あっけ》に取られ。天国↓地獄↓天国……と、目まぐるしく変貌する状況の果てにつかんだささやかな幸運をヒシヒシと嚙み締《し》めていたことなど、もちろん、翼は知る由もない。

一方の、龍平は……と言えば。

「いやあ、てっちゃん、ナイス」

満面の笑顔《えがお》で、パチパチと手を叩き。周囲の連中がショック状態から立ち直る前に、

「だって、露骨に盗撮されたら誰だってムカついちゃうよねぇ」

まったりと優《やさ》しげな口調で、携帯を片手に、何重にも人垣《ひとがき》ができてしまっている他校の女子高生及びその他の女性陣を容赦なく張り飛ばした。

「きちんとマナーを守って他人《ひと》に迷惑をかけない。自分がされて嫌なことは、やらない。やっぱ、それが人間《じん》関係《せい》の基本でしょ？」

その言葉に誰も彼もがハッと顔を見合わせて、バツが悪そうにそそくさと手を引っ込める。

それを見届けて、

「はぁい、ご協力ありがとう」

惜《お》しげもなく、ニコニコと極上《ごくじょう》の笑顔を振りまいた。

それを横目にこっそりため息を零《こぼ》した者、約一名。

その絶妙な『アメ』と『ムチ』に思わず舌を巻いて唸《うな》った者、若干《じゃっかん》名。

その笑顔に見惚《みと》れてクラクラ目眩《めまい》がしそうになった者は、数知れず。

結局、何のブーイングもなく人垣がポロポロとほどけていったのは、

「中には見る物も食べる物も、いっぱいあるから。こんなとこでいつまでも溜まってると、時間がもったいないよ？　みんな、楽しんできてねぇ」

天然の人タラシ効果がいかに絶大であったかという証《あかし》でもある。

さすがに。

このときばかりは、翼もその威力《いりょく》を再認識したわけだが。

その様子をつぶさに見ていた鷹司慎吾《たかつかさしんご》が、

「ほんと……鮮やかな手際《てぎわ》だよね」

「——ですよねぇ」

「惚《ほ》れ惚《ぼ》れしちゃう、かな」

「市村君には敵いませんね」

「いや……。僕が言ってるのは杉本君——なんだけど」

「——え？」

「あのタイミングで、あれをやっちゃえる杉本君の度胸と頭の回転の速さ……。いいなぁ。欲しいなぁ」

「そう……ですか？」

「そう、なんだよ」

「はぁ……」

「もったいないよなぁ。いつまでパンピーに擬態《ぎたい》してるつもりなのかな。でも、迂闊《うかつ》に手を出したらあとの祟りが怖いし。あぁ……ほんと、ジレンマだよねぇ」

受付テントの端《はし》っこでひっそりため息を漏らしていたことなど——当然、翼は知らない。

そんなわけで、昨年の文化祭は悲惨《ひさん》な目に遭《あ》ったという思い出しかない翼だった。

もしも、その佐伯の言っていることが事実だとすれば、ものすごく不機嫌《ふきげん》な面《つら》で周囲を威嚇《いかく》しまくっていた翼に惚れた——ということになる。

（ロクな奴じゃねーな）

翼自身、哲史と同じ高校でなければ行く気もしなかったクチだから、佐伯がどんな理由で沙神高校を受験したのか、それに関して、あれこれ言うつもりはなかったが。自分の知らないところで推薦を蹴った元凶扱《げんきようあつか》いされるのは、すこぶる不愉快《ふゆかい》だった。

（やっぱ——きっちり、シメる）

そう思って、ふと、翼は足を止める。

親衛隊のリーダーの名前はわかったが、そいつが何組なのか知らないことに、ようやく気付いた。

（……チッ）

思わず舌打ちを漏らした。

——そのとき。

まるでタイミングを見計らっていたかのように、男子生徒が二人、ぎくしゃくと教室から出てきた。

そして。

「あ……あの、蓮城……さん。何か……御用《ごよう》、ですか？」

やけにビクビクと、上目遣《うわめづか》いに翼を見やった。

——が。

翼は翼なりに自分が他人に与《あた》える影響なるものを多少なりとも自覚していたので、特別に気分を害したりはしなかった。

まして。

今の今。

この状況では、目の前の二人が『牙を剝き出しにした肉食獣《にくしょくじゅう》に遭遇《そうぐう》した哀《あわ》れな小動物』化していても、それはそれでしかたがないだろう。

なにせ、いちいち顔を覚えているわけではないので、この二人が自称親衛隊のメンバーなのかどうかもわからない。

そんなものだから、翼は、

「俺の親衛隊を気取ってる奴らがいるだろ。そいつら、全部、呼んできてほしいんだけど」

単刀直入に用件だけを告げた。

わざわざ佐伯を名指しで呼び出すよりも、その方が手っ取り早いと思ったからだ。二度手間にもならないし。

すると。

目の前の二人の顔から、いっそ見事にスッと血の気が引いた。

（なんだ。やっぱ、こいつらがそうなのか）

だとすれば、

『なぜ？』

翼がここにやって来たのかも。

『どうして？』

呼び出しをくらう羽目になったのかも。その自覚は大いにありあり……なのだろう。

だから。翼は、

「呼んで来い。一人残らず、今すぐにだ」

更にトーンを低く絞《しぼ》ってドスをきかせると、わずかに目を細めた。

それだけで、二人は『ヒクリッ』と声を呑んでぎくしゃくと踵《きびす》を返すと。翼の呪縛《じゅばく》を断切《たちき》るようによろめいて、そのまま、脱兎《だっと》のごとく廊下を駆けていった。

その後ろ姿を目で追いながら、翼はゆったりと喉元に手をやって、ネクタイを緩《ゆる》める。それから、いつもは隙《すき》なくきっちりと着込んだ上着《ブレザー》を脱いで無造作に右腕に引っかけた。

そうやってスクールシャツ一枚になってしまうと、まるでモデル並みと言われる体型《プロポーション》の良さがいやがうえにも強調されて、普段のストイックさとはまた別の艶気《いろけ》が匂《にお》い立ってくるようであった。

待つこと、約二分。

自称親衛隊を名乗る一年生たちが一塊《ひとかたまり》になって、やってきた。

どの顔も、まるで公開死刑《しけい》場に引き出されてきた囚人《しゅうじん》のように蒼ざめている。

それはそうだろう。

さすがに。廊下にまで出て来て、特等席で見物しようなどという根性《リキ》の入った野次馬は一人もいなかったが。これから、いったい何が始まるのかと、どのクラスの窓枠《まどわく》にも見物人が鈴生りだった。

もちろん。

翼は。

それを気遣《きづか》って場所替えをするつもりなど、まったくなかったが。

ぎくしゃくとした足取りでゾロゾロと集まってきたそいつらの顔をひとあたりざっと見渡《みわた》して、翼が、

「哲史を殴ってケガさせたの、どいつ？」

傲慢《ごうまん》無礼に言い放つと、皆が皆、ビクリと身を竦《すく》めて俯《うつむ》いた。

ことさら声を荒《あら》げて恫喝《どうかつ》したわけではないが、翼の声は低くてもよく通る。

軽く咳《せき》をしただけでその音《エコー》は廊下の最奥まで突き刺さるのではないかというほどに静まり返った中では、たぶん、興味津々《きょうみしんしん》で聞き耳を立てている野次馬には丸聞こえだろう。

何の前置きもなしにズバリと『それ』を切り出したのは、翼が知りたいのはそれだけだった

からだ。

連中が哲史を待ち伏せにして因縁を吹っかけた事実は明白で、今更わざわざ事後確認《かくにん》を取るつもりもなかったし、その時間も惜しかった。それが毎度お馴染《なじ》みの八つ当たりだとわかっている以上、問答無用だった。

それでも。

「杉本さんが……チクった、んですか?」

あらかじめ、こうなることを予想していたかのように居直って逆ギレされると、溜め込んだ胸くそ悪さに灼《や》けるような焔《ひ》が通るような気がした。

「けっこう、おしゃべりなんですね。あの人」

ビクビクと首を竦めている一年の中で、ただ一人気丈に翼を見上げて、そいつが漏らす。わずかに痙った唇を噛み締めて。

だから。

きっと。

こいつが『犯人』なのだろうと翼は思った。

「——おまえか?」

「俺は、殴ったりしてません」

いっそきっぱりとそれを口にする。

（ここまで来てバックレやがんのか、このクソバカは）

翼がしんなりと眉をひそめると、

「ただ……バッグを持ち替えようとしたときに、偶然、当たっただけで……」

慌てて、言い募《つの》る。

そして。

「──なぁ、そうだよな？」

仲間を振り返り、同意を求めた。

すると。

それぞれが、ぎくしゃくと頷《うなず》いた。

「故意にぶつけたわけじゃ、ないです」

「本当、です」

「偶然、当たってしまいました」

書いた台本をそのまま棒読みにしているような口調だった。

こんなダイコンじゃ、話にならない。今時《いまどき》の幼稚《ようち》園児《えんじ》だって、もう少し、まともな台詞回しができるだろうに。

それとも。

そこにいたのは自分たちだけで、誰にも見られていないという自信でもあるのか？

だから、口裏を合わせてしまえば大丈夫だと。

（多数決の原理って、やつか？）

万が一、哲史が殴られたと言い張っても、それで押し切ってしまえると。

もしかしなくても、昨日の時点で、そういう『約束』になっていたのだろう。誰が殴ったとしても、哲史に因縁を吹っかけた共犯者には違いないのだから。

そうやって、身内で庇《かば》い合ったからといって、哲史がケガをしたという現実までが消えてしまうわけではない。

（バカの浅知恵《あさぢえ》だろ。お粗末《そまつ》すぎて笑えねーって）

連中の多大なる誤算は。故意でなければ……哲史のケガが単なる偶発的な不可抗力《ふかこうりょく》であったなら、許される。何の根拠《こんきょ》もなく、そう思い込んでいることだろう。

許される？

——誰に？

それはもちろん、哲史にではなく翼に——であることははっきりしている。

あれは暴行ではなく、事故——なのだから。

だったら、わざわざ翼が出張ってくる必要もないのではないか？

そう、言いたいのだろうと翼は思った。

バレてしまったのは痛いが。

あったことを無かったことにはできないが。

それでも。

内心は、どうでも。最悪、形だけでも頭を下げてしまえば、それで一応のケリは付くはずだ
――と。

それが世間知らずで傲慢な『ガキの論理』でしかないことに、連中は気付いてもいないのだろう。

いや……。

それだけ、哲史のことも翼のこともナメきっているのかもしれない。

翼のファンを名乗って哲史に理不尽《りふじん》な八つ当たりを吹っかけてくるバカヤローは、たいがい似たりよったりの自己チューだ。

一人では何もできない根性なしで。

何かと言えばすぐに群れたがる。

それでいて中途半端《ちゅうとはんぱ》にプライドだけは高い。

クソで。

――バカで。

――救い難《がた》いド阿呆《あほう》。

そんな奴らに『蓮城翼』の真髄《しんずい》などチラリとも見せてやる気もないが、売られた喧嘩のケジ

メだけはきっちり付けておく。それが、翼のポリシーだった。

奴らが何を勝手に思い込んでいようと、そんなことは翼の知ったことではない。今更。哲史に対する謝罪の言葉を聞きたかったわけでもない。

そんなことは、どうでもいいのだ。

翼は、ただ、最初から奴らをシメる気で来たのだから。

そんなことより、ことのついでに確かめておきたいことが一つだけあった。奴らの中でも特に、癇《かん》に障《さわ》る奴。

「佐伯翔ってのは、どいつだ？」

すると。

変に小賢《こざか》しい屁理屈をこね繰り回していた目の前のそいつが、何を勘違《かんちが》いしたのか。瞬間、妙にねっとりと目を輝かせた。

「あ……俺、ですけど」

普段は目もくれない、クールすぎるほどにクールな翼が自分の名前を知っているのだと思うと、それだけでちゃちな優越《ゆうえつ》感が疼いたのかもしれない。

だが、翼は、

（……フン。こいつか）

不遜《ふそん》に、ほんのわずか目を眇めただけだった。

哲史の顔に傷を付けた奴と。

翼をダシにして、ある種、売名行為《こうい》に走っている奴。

それが同一人物だと知れた時点で、鬱積《うっせき》した嫌悪《けんお》感が倍増しになった。

だったら、別に、手加減なしでもいいか……と。

理不尽な八つ当たりには、正当な報復を。

哲史が被った痛みには、更なる怒《いか》りを込めて。

「つまり、あれは不可抗力の事故……なわけか？」

「そうです」

きっぱりと強調して、佐伯が精一杯《せいいっぱい》の虚勢《きょせい》を張る。

「そうか。なら、まぁ、しょうがねーな」

実にあっさりと翼がそれを口にすると、連中の顔からは、一瞬気が抜けたような、それでいてあからさまにホッとした安堵《あんど》の色が浮かんだ。


アァ……ヨカッタ。

ナンダ、別ニびびるコトナンテナカッタンダ。

ソウダヨナ。ダッテ、誰ニモ熱クナラナイノガ蓮城サンノうり……ダシ？

アイツガ妙ニ意味深ナ捨テ台詞吐《は》クモンダカラ、変ニ緊張《きんちょう》シチャッタヨ。

もしかしたら。そんなふうに、胸の内で呟《つぶや》いていたかもしれない。

しかし。

やけにゆったりとした仕種《しぐさ》で、翼が右腕《みぎうで》に引っかけた上着をつかんだ。

――そのとき。

連中が憧《あこが》れてやまない、いつもシワ一つなく綺麗にプレスされたその制服は、突然、思いもせぬ凶器《きょうき》と化した。

いや。

その瞬間。

彼らは、何が起こったのか――まったくわからなかった。

ただ……。

翼の上着が視界の中を横切った。

――瞬間。

何か、熱く空気の切れる音を聴《き》いたような気がして……。

そしたら。

いきなり、どっと衝撃《しょうげき》が来て……。

ハッと、気が付いたら。

なぜか。

団子状態になって、床《ゆか》に尻餅《しりもち》をついていたのだった。

──えッ？

──何？

──なんだよ？

彼らはまるで狐《きつね》に摘《つま》まれたような顔で、互《たが》いを見合う。

何がなんだか……。

まるで、ぜんぜん……訳がわからない。

それは、たぶん、

ただ一人、ガンガンと頭を締《し》め付けられるような痛みに思わず呻《うめ》き声を漏らしている佐伯自身も、そうではなかったか。

「…つっ…ぅぅぅぅ」

そして。

彼らは。

「あー、悪い。当たっちまったか？」

おもいっきり白々しい口調で翼がそれを口にして、初めて、知ったのだ。佐伯が、翼が手にした上着でおもうさま顔面を撲《は》られたことを。

なんで？

――どうして？

――なぜ、なんだッ？

言葉にならない、その問いかけは。

「上着を着ようと思ってちょっと振り回したら、偶然、そいつに当たっちまったんだ」

少しも悪びれたところのない、それどころか、妙に冷え冷えと凄味《すごみ》のある双眸《め》で自分たちを見下ろす翼の言葉に、彼らは、ようやく思い知る。

許されたわけではないのだと。

まだ、何もケリなど付いていないことを。

翼の怒りを。

そして、嘘《うそ》で塗《ぬ》り固めた言い訳の代償《だいしょう》の大きさを。

「ただの、偶然の不可抗力《ふかこうりょく》なんだから、しょうがないよな？」

ドスのこもったトーンの低さに、彼らは思わずビビる。

「ぜんぜん、悪気なんかなかったんだぜ。なんたって――事故だし。そうだろ？」

真上から威嚇されて、瞬《まばた》きもできずに固まる。

「そいつだって、哲史みたいにケガをしたわけじゃないしな」

まるで、それだけが口惜《くちお》しい――みたいなあからさまな口振《くちぶ》りに翼の本性《ほんしょう》を垣間見《かいまみ》たような気がして、震え上がる。

『おまえら、哲史に因縁吹っかけた挙げ句にケガまでさせて、ただで済むなんて思ってんじゃねーよ』

言葉に出さなくても、それが露骨に見え見えで……。今更のように、ゴクリと生唾《なまつば》を呑み込んだ。

だからといって、それで翼が満足だったかというと、決してそうではない。

「あんまり派手にやるなよ？」

止めてもムダだと思っているから、哲史はそうとしか言わなかったのだろうが。翼的には、こんな甘々な結末じゃ物足りなさすぎて消化不良を起こしそうだった。

だから。

最後にもう一つ、翼は爆弾《ばくだん》を落としてやることにした。

「あー……そういや、おまえらが哲史とトラブった話は、新館じゃ、朝っぱらから派手にガンガン燃え広がってるぜ」

嘘でも、ハッタリでもない。

親衛隊が駐輪場《ちゆうりんじよう》で哲史を待ち伏せして拉致《らち》った事件の目撃者《もくげき》は、それなりに、けっこういたらしい。

「なにせ、昨日の今日で、しかもあの顔だしな。最近、そういうスキャンダルはすっかりご無《ぶ》沙汰《さた》だったから、みんな、けっこうノリノリ……らしいぜ。よかったな、これでおまえらも、一躍《いちやく》有名人の仲間入りだ」

しかも。

翼が親衛隊をシメに本館校舎に乗り込んだことは、すでに知れ渡《わた》っている。

人の不幸は蜜《みつ》の味。

この先、あることないこと、面白《おもしろ》おかしく噂《うわさ》のネタにされることは確実で。この手のことにはうんざりするほど耐性《たいせい》がついてしまっている哲史とは違って、しばらくはストレスのドツボ……だろう。

もちろん。そうでなくては、腹の虫が納まらない翼ではあったが。

「それから、もう一つ。昨日の偶然の不可抗力で怪我した哲史を保健室まで連れて行った奴がいたらしくて、哲史の話じゃ、そいつら、生徒会執行部のワン・ツーだっていうから。おまえら、下手に誤解されるのが嫌だったら、呼びだし喰らう前にきっちり説明しといた方がいいんじゃねーか？」

そんなことができないのは百も承知で、さりげなく、ただ淡々《たんたん》と毒を込めて垂れ流す。

腕力にモノを言わせてねじ伏せるより、小心者には、じわじわと首を締め上げてやる方がよほど堪《こた》えるだろう。

翼だって、小物相手に派手な殴り合いをして停学を喰らうようなヘマはしたくない。そんなことにでもなったら、哲史が嘆《なげ》くのはわかりきっているからだ。

「佐伯、おまえテニス部の期待のルーキーなんだって？　暴力事件を起こしたかと疑われて試合に出れなくなったりしたら、そりゃ、やっぱ、マズイんじゃねーの？　ウチの学校、そういうのにはけっこうウルサイからな」

事実である。

体育会系のクラブにおいてそれがことさら顕著《けんちょ》なのは、どこの学校でも同じであろうが。特に、沙神高校のような私立の新設校は、スキャンダルはすぐさま受験倍率に跳ね返ってくるものではあるし。

「去年、下級生を吊《つ》るし上げてシメようとした体育会系の筋肉バカがいたけどな。そいつは逆に返り討《う》ちにあって謹慎《きんしん》処分くらって、結局、高校最後の地区予選にも出られなかった」

その短絡《たんらく》思考のバカヤローは、今年の三月に卒業したバスケ部のＯＢである。

吊るし上げをくったのも返り討《う》ちにしたのも、龍平だ。

そいつは、もともと、鳴物入りで入学してきた龍平のことが気にくわなかったのだろう。

あるいは。

誰もが確実だと思われていた神代《かみしろ》学園の推薦を龍平が蹴り潰して一般受験で沙神に入学したことも、ちゃちなコンプレックスをいたく刺激される原因になっていたのかもしれない。

明確なる実力の差。

歯嚙《はが》みをしたくなるほどの才能の違い。

突き詰めれば、それに尽きる。

そうして。嫉妬と苛立《いらだ》ちに一人悶々《もんもん》とした挙げ句に、ついにはブチキレて自爆《じばく》してしまったのだ。

そのきっかけが、たまたま、放課後のバスケ部の練習を見に来ていた哲史だった。

そいつはただ、溜めに溜め込んだ鬱憤《モノ》を吐き出すための口実を狙《ねら》っていて、そのために哲史を選んだにすぎない。

でなければ、龍平目当てで鈴生りになったギャラリーの中からわざわざ哲史を選んで因縁を吹《ふ》っかけて龍平を挑発《ちょうはつ》したりはしなかっただろう。

それは、誰の目にもそれと知れるほど露骨だった。

……らしい。

龍平は、自分のことをあれこれ言われる分にはまったくの馬耳東風だったようだが、さすがに、哲史を引き合いに出しての罵詈雑言《ばりぞうごん》には我慢《がまん》がならなかったらしい。

「だって、そいつ、テッちゃんのこと、俺とツッくんの二股《ふたまた》かけてタラシ込んで骨抜《ほねぬ》きにしてる腐《くさ》れホモ呼ばわりしたんだよ。キモイとか、クサイとか、ホモ菌《きん》がうつるから体育館から出てけとか……。許せないよねぇ」

「俺もツッくんも好きでメロメロの骨抜きになってるんだから、ほっとけって感じ?」

「だいたい、俺がテッちゃんを好きなのと部活と何の関係があるんだよ。ねぇ？」

「だけど、そいつが、あんまり『腐れホモ』を連発するもんだから、いいかげん、俺もアッタマきちゃって」

「たとえ俺が男好きのド淫乱《いんらん》ホモだったとしても、俺にも好みってもんがあるから、間違っても、あんたの脂《あぶら》ぎった汚《きたな》い手なんか握りたいとも思わないッ——とか言ったら、そいつ、逆ギレしちゃって」

「なんで？　どうして、そこでキレるわけ？　おっかしいよ。頭煮えたぎってんのは、俺の方なんだから」

普段の日常生活において、超天然ボケも筋金入りな龍平は滅多なことでは声を荒げて怒ったりはしないが。

それでも。

龍平の口調から、まったり感が抜けて笑顔が失《う》せてしまうと。それはもう、体格に見合った意外なド迫力があって、ある意味けっこうな大魔神だったりするのだ。

結局。

それで、派手な摑《つか》み合いになって。

それを止めようとした哲史は、突き飛ばされてスチール椅子に激突し。

ついには、龍平もブチキレてしまったのだった。

あとで、事の一部始終を知ったとき。翼は、背中と肩に大きな青アザを作ってしまった哲史を前にして、

「バスケ部のような筋肉バカ相手に突っ込んでいくなんて、おまえはバカかッ」

久々に、こめかみに青筋立てて怒鳴り散らしたのだが。

「だって、龍平が暴走したらそっちの方がヤバイと思って、つい……。向こうは、初めっから龍平を挑発してんのがミエミエだったし、そんなんで龍平がケガでもしたら思う壺《つぼ》っていうか……やっぱ、悔《くや》しいじゃん」

自分の青アザのことより龍平を気遣《きづか》う口振りがあまりにも過保護丸出しで、ますます、ムカついただけだった。

やはり。龍平がどんなにデカく頑丈《がんじょう》になっても、小学校時代の保護者意識の刷り込みは筋金入りだということなのだろう。

ボケているようで、そこらへんはきっちり自覚のある龍平が、甘えモード全開で哲史に懐きまくっているのを——翼は知っている。

そういうわけで、龍平にもきっちり謹慎処分が下ったのだが。

どう見ても、非は向こうにあるのは誰もが認めるところで。

なにより、放課後のギャラリーである女子軍を敵に回してしまった奴に明るい未来はないのだった。

当然。謹慎処分が明けても、そいつが放課後の体育館に姿を見せることはなくなってしまった。

以後。バスケ部では、

『杉本哲史にちょっかいをかけて、市村龍平を怒《おこ》らせるな』

その合い言葉が徹底《てってい》されたわけだが。

それは、もちろん、龍平の与《あずか》り知らぬことであった。

「まぁ、そういうわけだ。おまえらも、せいぜい、そいつの二の舞踏《まいふ》まないように気を付けるんだな」

最後に、おもいっきり思わせぶりな捨て台詞《ぜりふ》を突き付けて翼が踵《きびす》を返す。

――とたん。

ジャストなタイミングで、朝のHRを告げるチャイムが鳴った。

蓮城翼は、彼らの憧《あこが》れだった。

強くて。

華《はな》やかで。

全校生徒から一目も二目も置かれている、美貌のカリスマだった。

だから。

たとえ、嫉妬まじりに『蓮城翼のケツ持ち』呼ばわりをされても、昼休みに『王様の椅子』を持って間近にその美貌を拝めることが優越感だった。

けれども。

その、ささやかな優越感を台無しにする奴がいた。

杉本哲史——だ。

自分たちが『ケツ持ち』ならば、奴は、ただの『弁当係』のパシリ。

なのに。

誰も。

杉本哲史を、そんなふうには呼ばなかった。

——なぜ？

しかも。奴は、パシリのくせに、やたら態度がデカかった。

蓮城翼と市村龍平と杉本哲史が小学校からの幼馴染みだと知ったのは、それから、しばらく経《た》ってからのことだった。

たとえ、幼馴染みだったとしても。彼らは、自分たちの憧れを平然と呼び捨てにしているその傲慢《ごうまん》が許せなかった。

だから。

ほんの少しだけ。

本当に、ほんの少しだけ……思い知らせてやろうと思ったのだ。人間には、格の違いってやつがあることを。

蓮城翼に、杉本哲史は相応《ふさわ》しくない。

みんなが、そう思っている。

だから。

みんなの思いを、自分たちが代弁してやるつもりだったのだ。

ケガをさせるつもりなんか、なかった。

それは、本当だ。

思った以上に哲史がしぶとかったものだから、つい、佐伯がキレてしまっただけで……。

あれは予定外の、ちょっとしたアクシデントだったのだ。

なのに……。

もしかしたら。そのことで、彼が何かを言ってくるかもしれない。

そんな不安は、確かにあった。あんな地味で何の取りえもない奴でも、一応は彼の幼馴染みなのだから。

だから。そのときのために、みんなで口裏を合わせることに決めた。

だって。

しょうがない。

あれは、ただのアクシデントだったのだから。

それなのに……。

こんなふうな展開になるとは、思いもしなかった。

蓮城翼を怖いと思ったことなど、一度もなかった。昨日までは。

だが。

今日からは、違う。

声を荒げて、頭ごなしに怒鳴り散らされたわけじゃない。

けれども。

声を荒げずに視線で威嚇されることが、あんなにも心臓にズクズク来るような怖さだとは知らなかった。

これから、どうしよう。

どう、すればいい？

――わからない。

彼に、嫌われた。

いや。

怒らせた挙げ句に、憎まれてしまった。

その上。

生徒会執行部のトップ二人にも、自分たちの悪行を知られてしまったのだという。

悪行？

そう、なのか？

自分たちは、ただ……。

あれは、ただの偶発《ぐうはつ》的なアクシデントだったのだと。わかってもらうには、どうすればいいのだろう。

どうしよう。

――どうしよう。

――どう、しよう。

彼らは蒼ざめた唇を噛《か》み締めながら、グルグルと、その言葉だけを反芻《はんすう》し続けた。


その日の昼休み。

二年三組の教室は、いつもと違う緊張感《きんちょうかん》でピリピリに張り詰めていた。

それは。

いつものように、後方のドアが開いて。

――だが。
いつもとは違って、翼がスチール椅子を片手に入ってくると。
とたんに。
ザワザワザワザワザワザワザワザワザワ………………。
言葉にならないどよめきのようなものが、放射状に広がり。
「哲史――メシ」
いつもと、なんら変化のない翼の声に弾《はじ》かれて。
その緊張感は、一気にピークに達した。

＊＊＊＊＊　III　＊＊＊＊＊

その日。
新館校舎では。
哲史が歩くだけで、皆が振り返った。
『あれ？』
『なんだ？』
『どうした？』
ビックリ目を瞠《みは》り。
驚きに眉をひそめ。
そして。
ヒソヒソとした囁きが広がり。
『聞いた？』
『——見た？』

『知ってる？』
一日中、その話題で持ち切りで。
『……らしいよ』
『……みたい』
『……なんだって』
どこもかしこも、不穏《ふおん》にザワザワとざわめいていた。

翌日。
早朝から。
誰の口からともなく。
挨拶《あいさつ》代わりのように。
翼が親衛隊の連中をシメた様子が事細かに語られはじめると。
『えぇぇぇッ』
『ウッソーッ』
『――マジィッ？』
噂《うわさ》の火の粉はあちこちに飛び火して。
ガソリンぶっ掛け状態になり。

ガンガン燃え広がって。
そこら中で大爆発《だいばくはつ》を起こし。
『最悪』
『——凶悪』
『——極悪』
新たな激震《げきしん》が走った。

そして。
怒濤《どとう》のごとき一週間が明け。
大爆発の後遺症《こういしょう》と。
いまだに激震の余震が続く中。
興味津々《きょうみしんしん》の視線に曝《さら》されつつ。
腫物《はれもの》にさわるようなざわめきの渦中《かちゅう》にあって。
ようやく。
ほんの少しだけ。
哲史の日常は落ち着きを取り戻した。
『今更、ジタバタしたってしょうがない』

一種、居直りにも似た図太さでもって……。

『物事は、為《な》るようにしか為らない』

達観すると言うには、若干《じゃっかん》のため息まじりではあったが。


キン、コン、カン、コーン…………♪

抜けるように蒼く澄みきったブルースカイに、三時間目終了《しゅうりょう》のチャイムが鳴る。

新館校舎一階にあるパソコン・ルームから最上階の二年三組の教室へと戻る途中《とちゅう》の階段で、哲史は、鷹司とばったり出くわした。

（……あ）

思わずドッキリして、足を止める。

よくよく、考えてみれば。同じ新館の住人なのに、普段、鷹司と顔を合わせることなど滅多にない。

それは、鷹司たち三年生は二階で哲史たち二年生は三階と、学年別にきっちり住み分けができているからで。特別な用事でもない限り、三年が最上階まで上がってくることはなかった。

「おはようございます」

哲史は、きっちり深々と頭を下げる。

なので。

哲史は。

その瞬間、鷹司の笑《え》みが深くなったことには気付かなかった。

「おはよう」

「この間は、いろいろと……ありがとうございました」

改めて、感謝の言葉を言い添《そ》える。

「いえいえ、どういたしまして」

鷹揚《おうよう》な物腰《ものごし》の鷹司は、相変わらず……つかみ所がなかった。

そのせいか。プッツリと会話が途切《とぎ》れてしまうと、苦手意識などないはずなのに、変に居心《いごこ》地《ち》が悪くなって。

逆に。

トクトクトクトクトクトク……………。

やけに、鼓動《こどう》だけが逸《はや》った。

中学時代は、遠くからただ眺《なが》めているだけの存在だったのに。それが、いきなり、今回の一件で距離感《きよりかん》がなくなってしまって、何もかも……それは今回のことだけではなく、最初から最後まで全部バレまくりだと思うと多少のバツの悪さも手伝ってか、哲史は妙にドギマギしてしまう。

そんなふうに。

階段の踊《おど》り場で、いきなり立ち話を始めた哲史と鷹司という異色なカップリングに誰もが驚いたように目を瞠り、次いで、

『あぁ……』

妙に納得した顔で、束の間、足を止めてしげしげと凝視《ぎょうし》する。

何といっても。

今回の、派手にバンバン燃え広がっているもう一つの『噂』の目玉は、藤堂《とうどう》と鷹司という執行部の大物二人がしっかり絡んでいることである。

翼が放った爆弾は思った以上の威力《いりょく》でもって、学園中をスキャンダルのドツボに叩き落としたのであった。

もっとも。そこらへんのことを翼がきっちり計算の上でやったことなのかどうかは、わからないが。

哲史vs.親衛隊。

翼vs.親衛隊。

藤堂&鷹司vs.親衛隊。

その相関図からも見えてくる通り、親衛隊はかなり……どころか最悪に分が悪い。

勝負の行く末は、誰の眼《め》にも明らかだった。

しかも。

今回は。

藤堂と鷹司が現場に居合わせており、怪我をした哲史を保健室に連れていったことで、親衛隊には生徒会執行部から査問委員会への呼び出しがかかるのではないかと、そんな憶測《おくそく》すらまことしやかに飛び交《か》っていた。

それに。これだけの大物《やくしゃ》が揃ってしまうと、リアル・タイムでの臨場感からして違う。

ただの傍観者《ぼうかん》であるはずの自分たちも、エキストラでそのスキャンダラスな『物語』の一端《いったん》を担《にな》っているような錯覚《さっかく》さえしてくるのか。周囲の状況《じょうきょう》も、下手な嘘臭《うそくさ》いだけのテレビドラマよりも派手に盛り上がってしまうのだった。

そんなあからさまな視線などあっさり黙殺して、鷹司は、

「だいぶ良くなったみたいだね」

ニコリと笑う。

『何が？』

それを問いかけるまでもない一目瞭然なその台詞に、周囲の者たちが、

『おぉぉッ』

とばかりに、過剰《かじょう》に反応する。

そうなると、もう、

「はい。おかげさまで……」

哲史は、それしか言えなくて。

今回の騒動《そうどう》で鷹司たち二人にも思わぬトバッチリが行ってしまったことが、哲史には何とも
……心苦しい。

「あの……鷹司さん」

「はい？」

いや。

だから……。

(そんなに、にこやかな顔で見つめられると……ますます心苦しいんですけど)

——とは、言えなくて。

「えっ……と」

思わず、言葉に詰まる。

すると。鷹司は、

「人の噂《うわさ》も七十五日。それでいいんじゃない？」

まるで哲史の心を見透《みす》かしたように、そんなことを言った。

わずかに哲史が目を瞠ると、

「大丈夫。別に、君が気にするようなことは何もないから」

擦《す》れ違《ちが》い様《ざま》に耳元でそっと囁いて、肩を軽く叩いて階段を下りていった。

たとえ気休めでも、鷹司の口からそう言ってもらえると、胸の奥底で蟠《わだかま》っていたモノが軽くなって、ずいぶん気が楽になる。

それを思って。

哲史は。慌てて振り返って、ペコリと頭を下げた。


放課後。

その日、最後の日直の勤めを果たして。

哲史が、

(けっこう、時間かかっちゃったよな。いくら俺が何の部活もやってない帰宅部だからって、先生も余分なことまで押しつけてくれちゃって……。俺、そんなに暇《ひま》を持て余してるわけじゃないんだけどなぁ)

内心ブツブツとぼやきつつ、いつもよりはずいぶん遅めに駐輪場《ちゆうりんじよう》へやって来ると。

入り口近くで溜まって何やらガヤガヤと話し込んでいた連中が、露骨にパッタリ話をやめてしまった。

そんな光景は、このところすっかり——嫌になるほど見慣れてしまったことだったので、哲史は別にドッキリもしなければ、腹も立たなかった。

どうせ、話のネタは今度の一件に決まっているのだろうし。今更、何を言われても気にもならなかった。

そのまま、視線もやらずに、哲史は自分の自転車のところまで歩いていき。前カゴに鞄を入れた。

すると。

不意に、ドタドタと足音がして。

「杉本先輩《せんぱい》ッ」

呼びかけられた。

『杉本先輩』

聞き慣れない声で、そんなふうに呼びかけられるのは二度目だ。

前回が前回だけに、あまり――嬉しくない。

つい、身構えたまま顔を向けると。哲史以上に強《こわ》ばりついた顔つきで男女の一団が哲史を凝視していた。

どうやら、駐輪場の入り口で溜まっていた連中らしい。

「――何？」

「あの……僕たち、一年五組の者です」

一年――と聞いて。すぐに、

（……鬼門《きもん》だ）

そう思ってしまうくらいには、ずいぶんと相性が悪くなってしまったのかもしれない。

「そう。――で？」

「杉本先輩に、その……お願いがあって来ました」

いかにも『クラス委員』という肩書きが似合いそうな男子生徒だった。

「お願い？」

「はい。ウチのクラスの高山《たかやま》のことです」

高山――と言われても、哲史には誰のことだかわからない。

「高山……って？」

「高山浩士《こうじ》です。あの……蓮城先輩の、親衛隊やってました」

翼の親衛隊。

それがわかっても、哲史には『高山』の顔も思い出せない。

顔面を張り飛ばしてくれた『佐伯』の顔だけは、バッチリ記憶しているが。

「その高山君が……何？」

「高山は、先週からずっと学校を休んでいます」

「高山君だけじゃありません。三組の大島《おおしま》君も、八組の飯田《いいだ》君も……らしいです」

横から口を挟《はさ》んできた女子生徒の口調は固い。哲史を見つめる眼差《まなざ》しは、なぜか、それ以上に強《こわ》いものがあったが。

（へぇ……。そうなのか？）

マジギレ寸前になった翼にシメられたのが、よほど怖かったのだろうか。

それとも。学校中を席巻する『噂』の集中砲火《ほうか》を浴びて、ビビってしまったのか。

あるいは。四六時中ブスブスと突き刺さるあからさまな好奇《こうき》の視線に、耐えきれなくなってしまったのか。

どちらにしろ、それくらいのことで学校に来られなくなってしまうような肝《きも》っ玉《たま》の小さい根性なし——ということだろう。

（そんなんでよく、俺をシバき倒そうなんて思ったよな。やっぱ、その場のノリの集団心理ってやつ？）

「このままだと、高山は、不登校になってしまうかもしれません」

（不登校……ねぇ）

高校一年目——いや、一カ月あまりで不登校。

必死で受験勉強してせっかく合格できたのに、不登校。

薔薇《ばら》色ではないかもしれないが、これから、いっぱい思い出を作れる高校生活が待っているのに——不登校。

（そりゃあ、残念だな）

そうは思うが、それだけ……だった。

特別な感想などない。

第一、それが、可哀想《かわいそう》だと思えるほどに哲史は高山を知らない。

知っているのは、筋違いな八つ当たりで待ち伏《ぶ》せをくって不当にネチネチといびられた。それだけだった。

そんな奴の人となりを知り、屈折《くっせつ》した心情をもっと理解したいと思うほど哲史は優《やさ》しくもなければ、寛大《かんだい》にもなれなかった。

自分でやったことの責任はきちんと取るのが筋だと思っている哲史は、ごくごく普通の常識人であった。

その結果、どういうことになっても、それは自業自得《じごうじとく》というものだろう。

「でも、僕らは、そんなふうにはなってほしくないんです」

「入学して、まだたったの一ヵ月なのに、こんなの……かわいそうです」

「これから、いっぱい楽しいことがあるはずなのに、こんなことで挫折《ざせつ》してほしくありません。だからッ……」

だから？

（――なんだ？）

「高山を、許してあげてください」

（……は……ぁ？……）

「お願いします」

「杉本先輩、お願いしますッ」

いきなりの、思ってもみない展開に付いていけなくて、哲史は——面喰《めんく》らう。

（……つまり、これって……）

これは、もしかして。

クラスメートを思いやっての嘆願《たんがん》——というやつなのだろうか。

そう思って。哲史は、束の間、彼らの顔を眺《なが》める。

どの顔の表情も、硬《かた》い。

瞬《まばた》きもせずに哲史を見返す眼力は——強い。

それだけ、真剣《マジ》なのはわかるが。

それはそれで、クラスメートとしては実に思いやりがあって、さぞかし立派なことには違いないのだろうが……。

（だからって、こいつら、根本的に読み違えてんだよなぁ）

哲史は、内心どっぷり……ため息を漏らす。

許すも何も、あの連中はまだ、哲史に謝罪さえしていないのだ。

哲史がただのパシリではないらしい——とわかったとたん、みっともなくも動揺《どうよう》して。挙げ句、顔面に靴をぶつけて、そのままトンズラしやがったのだから。

そんなんで、許すも許さないもないだろう。

それ以前の問題である。

——と、哲史は思っている。

今更、それをどうのこうのと、ここで蒸し返す気にもなれなかったが。

更に、言わせてもらえば。連中が学校に来ないことに関しては、哲史はまるっきりの無関係である。

……いや。

確かに、その因果関係の『きっかけ』にはなったかもしれないが。それでも、不登校を続けている『元凶』ではない。

そう言われること自体、哲史にとっては不本意の極《きわ》みだったりする。

ましてや。

こんなふうに、いきなり押しかけてこられるのは、はっきり言って——不快だった。

「君たちの、その熱意は買うけど。相手が違う」

哲史がそれを言うと。皆が皆、

『えッ？』

――という顔をした。

「こんなふうに俺のとこに押しかけてきても、何の解決にもならないって言ってんだよ」

(…ったく。メンドクセーな。なんで、俺がこいつらに、こんなことまで教えてやらなきゃならないんだよ)

ついつい、哲史はクサる。

だが……。

「どうして、ですか?」

眦《まなじり》を吊り上げて、そんなふうに詰め寄られると。ますます、口の中が苦くなった。

「杉本先輩が高山を許してくれれば、問題はないんじゃないですか?」

(そういう問題じゃないってことがわかってないのが、問題なんだよ)

それを説明するのも面倒臭《めんどうくさ》くて、哲史は口の端《はし》をわずかに引き締《し》める。

なんで、こう、次から次へと災難が降りかかってくるのか。

やっぱり、一度、御払《おはら》いでもやってもらった方がいいのだろうか。

――などと。

束の間、場違いなことを考える哲史だった。

「相手が違うって、じゃあ、誰のとこに行けばいいんですか?」

「もしかして――蓮城先輩、ですか?」

誰かが、恐る恐る翼の名前を出した。

とたん。

どの顔も、しんなりと色を失った。

『それは、困る』

『それだけは——イヤ』

『あの人と、関《かか》わり合いにはなりたくない』

口には出さなくても、そう、はっきり、顔に書いてある。

ここまで来ると、大した刷り込みだった。

彼らが当事者だったわけでもないのに、その恐怖感《きょうふかん》は、どうやら……おもいっきり感染してしまったらしい。

(翼の奴、いったい、どういうシメ方をしたんだ?)

翼本人の口からは、

「ブレザーで、やんわり佐伯の顔を叩《はた》いただけ」

としか、聞いていないし。

龍平が聞いたところでも、

『ブレザーでおもいっきりシバき倒して、とどめにドスを込めての捨て台詞《ぜりふ》』

くらいなものだったらしいのだが。

（まぁ、翼の真髄ってのは、腕力でも毒舌でもないしなぁ）

それだけは、確かなことで。

『百聞は一見にしかず』

まさに、そのものズバリ――だったりする。

免疫のない連中にしてみれば、今までに体験したことのない怒濤《どとう》の激震《げきしん》であったのかもしれない。

「だったら、そのぉ……杉本先輩から、蓮城先輩に執《と》り成していただけませんか？」

おそる、おそる……それを言い出したのは。やはり、委員長タイプの男子生徒であった。

「お願いします」

（わかってねーな、おまえら）

それができるくらいなら、翼は親衛隊の奴らをシメたりはしない。

「杉本先輩なら、できるんでしょ？」

「それは――無理」

こともなげに、哲史がそれを言うと。

「なぜですか？」

眉間にシワを寄せて、女子生徒が半歩――前に出た。

「どうして、ダメなんですか？」

それは。

翼の親衛隊を堂々と名乗って哲史に因縁を吹っかけ、その上に怪我までさせたからに決まっている。

しかし。この十年間、延々と繰《く》り返されてきたその理不尽な八つ当たりの因果関係を懇切丁寧《こんせつていねい》に説明してやる気も、哲史にはなかった。

いいかげん押し問答をしているのにも疲《つか》れてきたし。

「無理なものは無理だし、ダメなものはダメなんだよ。君たちが本当に高山に学校に来てほしいと思ってるのなら、こんなふうに俺のとこに来るより先に、もっとほかにやることがあるんじゃない？」

「ほかにって……何ですか？」

（それくらい自分で考えろよ、おまえら）

クラスの中から落ちこぼれを出したくないという使命感に燃えるのもいいが。自分たちの正義感を前面に押し出してひけらかすのは、やめてほしい。

真剣に、そう思う哲史だった。

「あたしたち。このままじゃダメだと思ったから、お願いしに来たんです」

「そうです。だから、杉本先輩も、ちゃんと協力してくださいッ」

「お願いしますッ」

こういうのを、人の迷惑《めいわく》を顧《かえり》みない圧力団体と言うのではなかろうか。

(だいたい、協力しろってのはどういうことだ?)

なぜ?

――こいつらに。

どうして?

――そういう言われ方をしなければならないのか?

「杉本さんだって、自分のせいで後輩が不登校になったなんて言われるの、イヤじゃないですか?」

おい。

……………おい。

(それはちょっと、聞き捨てにできねーな)

さすがの哲史も、しんなりと眉をひそめた。

――と。

「おまえら、バッカじゃねーの?」

いきなり、背後から罵声《ばせい》ともつかぬ声が飛んだ。

(――えッ?)

思わず、目をやって。哲史は、それが、七組——翼とはクラスメートの鳴海貴一《なるみきいち》だと知る。

「蓮城が親衛隊のバカどもをシバき倒したのはなぁ。あいつらが、蓮城をダシにして、見当違いの嫉妬《しっと》剝《む》き出しにして杉本を傷物にしやがったからに決まってるだろうが。そんでビビって不登校になっちまうような根性なしのために、なんで杉本が一肌脱《ひとはだぬ》がなきゃならねーんだよ」

おぉぉッ。

スゴイッ。

パーフェクトッ！

『俺が口にする気もなかった諸々《もろもろ》の事情を簡潔に、一気に代弁してくれてアリガトウォッ』

場合が場合でなかったら。哲史的には、いっそ拍手《はくしゅ》を送りたい気持ちだが。

意外なところで、意外な助っ人を得て。

『心強いッ！』

——と思うより先に、

（なんで、鳴海？）

面喰らう。

この状況《じょうきょう》で、どうして鳴海が出張ってくるのか……わからない。

（そういや……鳴海も自転車通学だっけ？）

それを思えば。ここにいても、別におかしくはないのかもしれないが。

だからといって。

——なぜ？

確かに鳴海は、翼とはまた違った意味で存在感があり、男子からも女子からも一目置かれているが。体格的には、決して押し出しがきくタイプではない。

哲史よりはわずかに身長で勝って、哲史ほど細くない。つまりは、体格的にはごく平均的な高校生である。

——が。

ごく普通の高校生《パンピー》と決定的に違っているのは、その印象的とも思える眼力が証明する経歴であった。

柔術《じゅうじゅつ》——といっても、哲史には柔道や空手とどこかどう違うのかはわからないが。とにかく、その世界の全国チャンピオンであるらしい。

そういうこともあってか。

学内では、自分から率先して何にでもバシバシ口を出すのではなく、それどころか、面倒なことには極力首を突っ込みたくないタイプのようで。それでも、その存在感は半端ではなく、いったんやると決めたら有言実行だったりするものだから、自然と頼《たよ》りにされる。そんな感じだった。

だから。こんなふうに、自らトラブルシューターを買って出るほどのお人好《ひとよ》しではないはずだった。

なのだ。

現に。

一年のとき。

哲史は面と向かって、鳴海に言われたことがある。

「俺は別に、嫌がらせするバカ野郎の肩を持つ気はねーけど。おまえもさ、やられてるばっかじゃなくて、もうちょっとどうにかしたらどうだよ」

鳴海と同じ中学出身の奴が、例によって、翼にコテコテにやられたときのことである。鳴海はそいつと、けっこう仲が良かった——らしい。

「波風立てない辛抱《しんぼう》強さも、程度ものだろ？　おまえがそんなんだから、バカ野郎はどんどん付け上がって図にノッちまうんじゃねーの？」

やる方はもちろん悪いが、やられる側にもそれなりの問題がある。

耳タコすぎて、すでに、耳化石状態なその台詞だったが。哲史まで一緒に暴走してしまったら、あとは泥沼《どろぬま》になるだけなので——というこちら側の事情までいちいち説明するのも面倒臭くて。哲史が、

「バカな奴と同じレベルで喧嘩するのが嫌なだけ」

それ言うと。鳴海が、一瞬、驚いたように目を瞠ったことを覚えている。

そんなこともあって。哲史は、鳴海とは相性が悪いとばかり思っていたのだが。

「でも……だけど、そんなの、おかしいと思います」

「おかしいって、何が？」

「だって……。今度のことは、杉本さんと高山君たちの喧嘩なのに。どうして、蓮城さんが、その仕返しに来るんですか？」

「そうです。みんな、おかしいって言ってます。自分がやられたその仕返しを蓮城さんに頼むなんて、そんなの、卑怯《ひきよう》じゃないですかッ」

喧嘩に負けた腹いせに翼に仕返しを頼んだ卑怯者――呼ばわりをされて。哲史は、一瞬、目を瞠る。

喧嘩？

――仕返し？

――卑怯者？

次いで。どんよりと、盛大にため息を漏らした。

（そっかぁ。……なるほど。そういう解釈《かいしやく》のパターンもあるわけだ）

思わず、目からウロコ――の哲史だった。

どうりで、目の前の連中は、最初から強い顔つきだったわけだ。

いやはや、なんとも……言いようがなくて。

返すその目で、なにげに鳴海を見やれば。鳴海も、これ見よがしの大ため息だった。

「卑怯モンだってよ、杉本」

ここまで来ると、呆れて言葉もないぜ――と。顔にデカデカと書いてある。

「……らしいね」

「なんだ。意外に、冷静？」

「いや……ビックリした」

「それで、か？」

「俺……。翼の『弁当係』とか『パシリ』と『腰巾着《こしぎんちゃく》』とか言われたことなら腐るほどあるけど、さすがに『卑怯者』呼ばわりされたのは初めて……かな」

「スゲーよな。本人目の前にして、暴言吐きまくり？　俺なんか蓮城の祟りが怖くて、そんなセリフ、死んでも口にできないぜ」

翼が怖い……。

そんなことは露《つゆ》ほども思っていないだろう鳴海が淡々とそれを口にすると、なんだか、物凄いブラック・ジョークのようで。哲史は、とっさにどういうリアクションをすればいいのか……わからなくなってしまう。

けれども。

それは。

一年組には、劇的なショックをもたらしたようで。哲史を『卑怯者』呼ばわりした女子生徒は、露骨にビクリと身体を竦めた。

鳴海に指摘《してき》されて初めて、自分の失言に気がついたのかもしれない。

「もしかして、その高山って奴、おまえらのクラスのアイドルだったりするわけ？」

「どういう——意味、ですか？」

「いや、だから。そいつのために杉本を卑怯モン呼ばわりするくらいだから、そいつは、おまえらに、ものスゲー愛されちゃってるわけだろ？　つまり、蓮城翼を完璧敵に回してもかまわないってくらいにはさ」

——刹那《せつな》。

彼らの形相が一変した。

「そ…んな、違いますッ」

「変なこと言わないでくださいッ」

「高山は、僕たちのクラスメートでッ」

「そうですッ」

「だからッ、俺たちはッ……高山のためにできることをしようって……」

「へぇ……。ただのバカなクラスメートのために、おまえら、みんなで身体張っちゃってるわけだ？　スゲーな」

見かけによらず、鳴海もけっこう……人が悪い。

「まぁ、赤信号もみんなで渡れば怖くない…って言うし。そんだけ覚悟が決まってんなら、蓮城の恨み買いまくりでもいいんじゃねー？　なぁ、杉本？」

そんな……煽《あお》るだけ煽って、こっちに振らないでもらいたいんだけど。

——とは。哲史の正直な気持ちだった。

「翼は、そんなに暇《ひま》じゃないよ」

のべつまくなしに喧嘩の仕返しを頼んでいると思われるのも嫌なので、一言、きっちり言い添えておく。

「そうかな。去年一年で、おまえにチョッカイかけて蓮城の激怒買って潰されたバカな奴らって、俺の知ってるだけで……えっとぉ……片手はあるな」

そのうちの一つは、鳴海の知り合いだったりするわけで。

それでも。

今までに比べたら、格段に少ない。

「蓮城って、さ。自分のファンかたっておまえに嫌がらせやる奴にゃ、ホント、情け容赦ねーからな」

「嫌いなんだよ。一人じゃ何もできないくせに、すぐに群れたがるバカな奴が。そういう奴にファンです……なんて言われると、虫酸《むしず》が走るらしい」

「おまえも——だろ？」

「嫌いだよ。何もわかってないくせに出しゃばって、自分たちだけが正義の味方です——みたいな奴らは、特に。いきなり押しかけてきて、好き放題吐きまくって……おまえら、いったい、何様?——とかね」

するとなぜか……。

鳴海は、口の端だけでにんまりと笑った。

——逆に。

一年五組の連中は、しんなりと顔色を無くす。

「だけど、今まで、翼にシメられて不登校になったような根性ナシはいなかったな」

「蓮城にブレザーでシバき倒された奴は、ちゃんと頑張ってハジ曝して歩いてんのにな」

「……え? そうなの?」

「メゲずに、ちゃんと部活だってやってるらしいぜ」

「鳴海……。おまえ、なんで、そんなことまで知ってんの?」

哲史は何となく、鳴海は、

『そんな下世話の噂話《うわさばなし》など耳の穢《けが》れ』

——とか思うタイプだと思っていたのだが。

「いちいち聞かなくても、自然と耳に入ってくるからな。そういうことは」

（自然と……ねぇ）

それだけ、華々しい噂だということなのだろう。

「けど、ほかの奴らは、ハジ曝す根性もないビビリ野郎——なんだろ。そんな根性ナシの臆病モンのために、わざわざ恥《はじ》の上塗《うわぬ》りしに来るこいつらの気が知れねーけどな、俺は」

「まっ、いいんじゃない。人それぞれだし」

淡々と言い捨てて、哲史は自転車のロックを解除する。

「クラスのみんなで可哀想《かわいそう》な根性ナシを守《も》り立てていこう——なんて、カッコよくて気分がいいんじゃない？　だからって、本人が感謝感激してるとは限らないけどさ」

「まぁな。小さな親切、大きなお世話……って、やつ？」

「俺なら……いらないけどね。そういうお節介《せっかい》は。傷口おもいっきり抉られてるようで、ムカツク」

そして。その目を彼らに向けて、

「じゃあ、そういうことで。もう、いいかな？」

——放つ。

「あ…あの……杉本、先輩」

「まだ、何か用？　俺、そんなに暇じゃないんだけど」

それだけで、なぜかピクリと固まる連中に、先程までの勢いも覇気《はき》もない。ここに来て、ようやく、自分たちの手痛いしくじりに気付いたのかもしれない。

更に追《お》い討《う》ちをかけるように、鳴海が顎《あご》をしゃくる。

「おまえら、これ以上野次馬が増えないうちにさっさと帰った方がいいぞ」

そのときになって初めて、哲史も気付いた。

駐輪場の出入り口には、黒山……とまではいかないが、けっこうな人垣ができていた。

「あいつらも、さっさと帰りたいのは山々だけど、トバッチリが怖くて入るに入れないって、感じ?」

(もしかして……)

鳴海がお節介を買って出る気になったのは、そのせいかもしれない。

——と。ようやく、哲史も思い至った。

(——マズイな)

今度のことが下火にもならないうちに、また新たなスキャンダルの火種をブチ込んでしまったかもしれない。

そこらへんの懸念《けねん》を、

「けど、まぁ、これで、来週頭《アタマ》の朝のHRの話題はバッチリ決まったな」

鳴海に駄目押しされて、哲史は、内心、舌打ちする。

そんなの。

ぜんぜん。

まったく。

——嬉しくない。

哲史は、深々とため息を吐く。

すると。鳴海は、

「杉本。今年も早々と、スキャンダル帝王《キング》の復活だったりしてな」

口の端だけで、小さく笑った。


その夜。

珍しくも早めに帰宅した翼の父も交えて、久々に三人で夕食を摂《と》ったあと。哲史は、一番風《ぶ》呂《ろ》をもらって、湯船の中でゆったりと手足を伸ばした。

（なんか……いつまで経《た》っても疲れが抜けないよなぁ）

原因は、わかりきっている。

けれど。

まさか……。

親衛隊との騒動《そうどう》が収まらないうちに、今度は正義感気取りのパンピー相手にあんなことにな

ると は思いもしなかった哲史だった。

――いや。

まったくの好意であると思い込んで乗り込んできた連中の方が、よほど始末に負えないのではなかろうか。

どっちにしろ、

(……二週連続かよ)

さすがに、やってられない。

メゲる。

――落ち込む。

――ドツボ。

何がといって。翼と同じクラスの鳴海に知られてしまったことが、痛い。

このまま黙っていても、週明けの月曜日には、当然バレまくりだろう。

(やっぱ、翼には言っといた方がいいのか?)

はぁぁぁぁぁぁ…………。

ため息が、重い。

コン。

コン。

翼の部屋のドアをノックする。

ひと呼吸おいて。返事も待たずに、哲史はドアを開ける。

翼がドアに鍵《かぎ》をかけることなど、まず、ない。

もちろん。それは、哲史も同様だったが。

「今――いいか？」

哲史が言うと。無言のまま、翼が目で中へ促《うなが》す。

そして。哲史がベッドの端に腰掛《こしか》けると、パソコンのスイッチをOFFにした。

自分の部屋にこもっているときの翼は、たいがいパソコンをやっている。

勉強している時間より、パソコンに向かっている方が断然多い。それでいて、決して楽とは言えない沙神高校の席次の上位をキープし続けている。

もっとも。

翼にとっては常に結果オーライというか、そのこと自体にあまり執着もなさそうだったが。

席次の変動に一喜一憂《いっきいちゆう》のプライドをかけている連中が知ったら、たぶん、何やかやと、ツバを飛ばして喚《わめ》き立てるに違《ちが》いない。

「――で？　なんだ？」

肘掛《ひじか》けのついたデスクチェアーにどったりと背もたれて、翼が哲史を見る。

「うん。その……今日の放課後、なんだけど……」

「また、何かやられたのか？」

「いや……やられたってわけじゃないんだけど。どうせ、月曜になったら、おまえの耳にも入るだろうし……とか思って」

「——何？」

「親衛隊の奴ら、あれから、学校に来てないらしくてさ」

その話を、おまえ知ってるか？

——とは聞かない。

哲史だって、今日初めて知ったのだ。当然、翼は知らないに決まっている。まぁ、知ったところで、別に何も変わらないだろうが。

「それで、そのうちの一人のクラスの奴らが俺ンとこに来て、ちょっと……モメた」

「モメた？　何を？　だいたい、なんでそいつらが、おまえのとこに来るんだ？」

翼の疑問は、もっともである。何しろ、それはそっくりそのまま、彼らに問いかけたい疑問であったからだ。

『おまえら、なんで、それを俺に言うわけ？』

その答えは、もうわかった。

『親衛隊との喧嘩に負けて、その腹いせに翼に仕返しを頼んだ卑怯者』

——だからだ。

こんなことが翼の耳に入ったら、また一悶着《ひともんちゃく》ありそうで。できることなら、翼には……いや、龍平にだって聞かせたくない台詞であった。

けれども。

駐輪場の出入り口のあの人だかりが……。

（マズイよなぁ）

だいたい、哲史は、鳴海があんなふうに割って入って来るまで、鳴海がそこにいたことすら気が付かなかった。

（やっぱ……ヤバイかも）

いったい。

いつから。

——あんなだったのか。

どこらへんから。

——話を聞いていたのか。

やはり、鳴海が言っていたように。月曜の朝の挨拶代わりに噂は噂を呼び、華々しく燃え広がるのだろうか。

それを思うと、何とも頭の痛い哲史だった。

「そいつがこのまま不登校になったりしたらマズイから、何とかしてくれないかって……」

とたん。

翼は、おもいっきり眉を寄せた。

「なんだ、それ」

「だから、そいつらは、俺がそいつのことを許してやれば、そいつも、安心して学校に来るんじゃないかって……。そう言いたかったらしいんだけど」

「そいつら、本気でそんなこと思ってんのか？」

「けっこう、マジだった」

「バカだろ、そいつら。でなきゃ、カッコ付けたいだけの偽善者《ぎぜん》」

不機嫌《ふきげん》にバッサリ、切り捨てる。

否定はしない。哲史もそう思ったクチだから。

だが……。

「――で？　おまえは、なんつったんだ？」

「やってらんないから、途中でフケた。はっきり言って、そいつが不登校になったとしても自《じ》業《ごう》自得《とく》だしな」

それだけか？

瞬《まばた》きもせずにじっと見据える目が、そう言っている。

「それだけ」

話の内容は、かなり端折《はしょ》ってしまったが。

「けど、場所が駐輪場だったし、野次馬は腐るほどいたからな。だから、きっと、週明けはまた、うるさくなるかも」

「……凝《こ》りねー奴らだぜ」

それは、野次馬連中のことか。

それとも。見当違いの『お願い』にやってきて、見事に墓穴《ぼけつ》を掘《ほ》ってしまった一年のことだろうか。

結局。

鳴海のことは……伏せた。

どういう心境の変化で鳴海が乱入してきたのか、その真意を確かめる余裕もなかったわけで。

鳴海がそれを自分から翼に告げることもないだろう……と。

万が一、バレたら……。

まっ、それはそのときのことだ。

だからといって、翼が一年五組の墓穴掘りな連中をシバき倒すなどとは、哲史は思っていない。翼だって、そこまで暇を持て余してるわけではないのだ。

「そういうわけだから……」

そう言って、哲史が腰を上げると。翼は、

「なんだよ。言いたいことだけ言って、終わりかよ?」

不機嫌に目を眇めた。

「え?……」

「お休みのキスもなしかよ?」

(そう……くるか)

その瞬間。

哲史は。

うかうかと翼の部屋に入り込んでしまったことを、ほんのちょっとだけ、後悔《こうかい》した。

週末はセックス解禁日。

それを言い出したのは、哲史だ。

そうしなければ、

『キスだけじゃ、イヤだ』

『触るだけのエッチじゃ、ぜんぜん物足りない』

『ちゃんと抱《だ》き合って、挿《い》れたい。おまえの中で、気持ち良く達《い》きたい』

『ただのエッチじゃなくて、俺は、おまえとセックスがしたいんだ』

そう言い張る翼にウイークデーでも抱き潰されて、翌日は腰が立たない。

——という悲惨な現実を突きつけられかねないからだ。

十代は、やりたい盛りの——サル。

世間様では、そんなふうにも例えられるが。翼を見ていると、まんざら嘘《うそ》でもないような気がする哲史だった。

もっとも。翼には、

「俺がサルじゃなくて、おまえが淡泊《たんぱく》すぎるんだよ」

バッサリ、斬って捨てられたが。

「フツー、両思いなら、一日中、ガンガンやりまくりだろうが」

マジでそんな恐《おそ》ろしい台詞を吐きまくる翼に付き合っていたら、いくつ身体があっても足りない。

もちろん。週末でなくても、有無を言わさずベッドに引き摺《ず》り込まれることもあるが。そんなとき、翼は必ず、

「エッチだけ。それなら、いいだろ？」

そう、言い張る。

濃《こ》いセックスは週末までおあずけにしておいてやるから、エッチだけ——したい。

翼の言う『エッチ』とは。

『キスして』

『触って』

『抜く』

――ことである。

つまり。

『弄《いじ》くり回して』

『鳴かせて』

『イかせる』

――ことである。

それが『セックス』と何が、どこが違うのかと言えば。

『腰が立たなくなるまでしない』

『中には出さない』

『我慢する』

――ことらしい。

呆れてモノが言えないと言うより、哲史は、がっくり脱力してしまった。

それでも。容赦なく抱き潰されて足腰が立たなくなる『セックス』より、ずいぶんと『エッチ』の方がマシであった。

哲史だって、翼に抱かれることが嫌なわけではないのだから。

しかし。

週末に限らず、いつもは十二時近くにならないと帰ってこない翼の父が今日は階下にいる。

いくらエッチ解禁日だと言っても、さすがに、それはマズイだろうと。

翼にしても、父親を憚《はばか》ってか、哲史がそれを言い出しても、特別にゴネることはなかったのだが……。

「キス、だけだぞ?」

ここでゴネると、キスだけではすまなくなりそうで。

「ホントに、キスだけ……だからな?」

哲史は、どったりと背もたれたまま自分からは動こうともしない翼に歩み寄って、軽く唇を啄《ついば》んだ。

おやすみの——キス。

そんなお子様なキスを望んでいるわけではないことくらい、哲史にもわかっていたが。

下唇を、舌先で舐めて。

上唇を、やわやわと甘く咬《か》んで。

何度も——啄む。

翼が焦《じ》れて、哲史の腰をつかんで抱き寄《よ》せるまで。

「タラタラやってんなよ、哲史。あんまり焦らすと、このまま押し倒して——犯《おか》すぞ」

不満げに物騒な台詞を吐く翼の目は、それでも、充分に優しい。

普段は冷然とした翼の唇が思った以上に甘いことを、哲史は知っている。

高飛車な毒舌を吐きまくる唇から零《こぼ》れる吐息《といき》が、この上もなく淫《みだ》らで熱いことも。

翼とのキスは、気持ちがいい。

翼とのキスが——好きだ。

翼とキスを交《か》わすまで、哲史は、キスだけで幸せになれる自分を知らなかった。

唇を重ね。

鼓動を、重ね。

絡めた舌で、おもうさまキスを貪《むさぼ》る。

ドクドクと逸る搏動《はくどう》が胸を掻き毟《むし》って、後頭部で弾《はじ》ける。

密着した温《ぬく》もりが、熱を孕《はら》んで——淫らに熟《う》れる。

そうやって。どちらのものかもわからなくなって溶ける唾液《だえき》が口角の隙間《すきま》から零れ落ちるまで、哲史は翼の髪に指を絡めてその唇を吸い続けた。

——だが。

やっぱり。

それだけでは、済まなくて。

「…つ…ばさッ……。キスだけ……キスだけ、だって……」

「キスだけ、だろ？」

「…ちょ……あ…んッ」

「キスしかしてねーだろうが」

「…お…俺が、言ったのは——ゃ……んっ……口に……キスってことでッ……ゃめッ……」

（乳首《ちくび》にキスしてもいいってことじゃないッ）

それが言いたかったのに。

そのとき。

不意に、尖《とが》り切った乳首を甘咬みされて。

「…ぃ…ぁんッ」

哲史の唇を突いて出たのは甘い喘《あえ》ぎだけだった。

唇にキス。

舌を絡めてディープなキスを貪り。

口角を変えて、深く……何度もキスを交わす。

それだけで、哲史は充分満足だったのだが……。

デスクチェアーに深々と背もたれた翼に身体を預けるようにキスを交わしながら、抱き込まれて。ふと気付いたときには、完璧、翼の膝《ひざ》を跨《また》ぐように乗り上げていて。

この体勢は、さすがに、ちょっとマズイかな……とは思ったのだが。

ディープなキスの余韻《よいん》を確かめるように、翼が、わずかな赤みがさした哲史の頬《ほお》をゆるゆると指でなぞっているのに、ここで身を捩《よじ》ってしまったら、翼の機嫌が一気に下降してしまうような気がして。

そっちの方が、ヤバイかな……と。

そう思うくらいには、哲史もまだ余裕があった。

けれども。

翼が、紅《あか》く熟れた哲史の唇を何度も舌でなぞって……。

その唇が首筋に落ちて、耳の付け根を這《は》い上がり、耳朶《みみたぶ》をやわやわと食《は》んだとき。哲史の鼓動は、不意に、

『ドクンっ』

――と、跳ねた。

「……翼？」

「――何？」

耳朶にキスをしながら、翼が囁く。

ほんの少しだけ掠れた翼の甘い声が、跳ねた哲史の鼓動をドキドキと煽《あお》る。

それを押し隠すように、哲史は、小さな声でもう一度念を押した。

「キス……だけだぞ？」

「キスだけ——な？」

返されるその言葉よりも、鼓膜《こまく》を震わせる、わずかに笑みを孕んだ甘いトーンに浮かされてしまいそうな気がして。哲史はドキリとする。

（わざと……じゃないよな？）

少し抑えた感じの、甘い囁き。

哲史が、耳元で囁かれるそのトーンに弱いことを、たぶん……翼は知っている。

別に、哲史がそれを自分から白状したわけではないが。そんなものは哲史のあからさまな反応を見ていれば、丸分かりだろう。

哲史のいいところも、弱いところも、泣き所も……。翼はすべて知っている。

翼に抱かれて、哲史は、自分の知らないところまですべて、曝《さら》け出してしまっているのだから……。

首筋に、キス。

耳朶に、キス。

初めは軽く触れるだけだったキスが、次第に深くなる。

食んで。

――なぞり。

――――吸われる。

キスであって、キス以上の愛撫。

(やっぱ……これ以上は、マズイよな)

気持ち的にも。

身体的にも。

我慢がきかなくなるのは、何も翼だけではないのだ。

与《あた》えられる快楽に蕩けていく快感の深さを知っている分、もしかしたら、哲史の方が我慢がきかないのかもしれない。

なのに。

翼のキスは止まらなかった。

耳朶を。

……首筋を。

…………鎖骨《さこつ》を。

甘く咬んで。

……舐め。

……………きつく吸い上げる。

『キスだけ』

それを逆手にとって、翼は、どんどん哲史を昂《たか》ぶらせていった。

「キスだけ」

——と、うそぶいて。剥き出しになった鎖骨に口付ける。

軽く唇を押し当て、

「つ……つぱ…さッ」

潜《ひそ》めた声を狼狽《うろた》えたように跳ね上げる哲史の背中を抱き込んで、黙らせる。

(…ったく。一週間もオアズケくって、キスだけかよ？　冗談《じょうだん》じゃねーって)

声にならないフラストレーションがフツフツと滾《たぎ》る。

翼にとっては哲史と抱き合うことが週末の最優先で、階下に父親がいようがいまいが、そんなことは別にどうでもよかった。必要ならば、今すぐにでも降りていって、カミングアウトすることさえ厭《いと》わない。

ただ……。もしも、本当にそれを実行してしまえば、義理堅《ぎりがた》い哲史は蓮城家を出ていってしまうかもしれない。

物事には、それを為《な》すために必要不可欠な『時機』と『大義名分』と『タイミング』というものがある。

今はまだ、時機尚早《しょうそう》。そんなことは、重々わかっているつもりの翼だったが。

翼とのセックスは拒《こば》まないくせに、変なところで妙にモラリストな哲史は、翼の父が同じ屋根の下にいると思うと、それだけで気持ちが萎《な》えてしまうらしい。

抱き合ってしまえば、たいがいのことは口説き落とす自信のある翼だが、さすがに、素面《しらふ》の哲史に無理《むり》強《じ》いをして嫌われたくはない。

周囲の人間には、

『この世で何も怖いモノはないエゴイスト』

呼ばわりをされる翼にも、唯一《ゆいいつ》の例外はあるのだった。

何よりも大切で。

失いたくなくて。

誰にも奪われたくない――モノ。

その想いのすべてが、今、翼の腕の中に在る。

(おまえだけ……なんだからな、哲史。ちゃんと、わかってんだろうな)

欲しくて。

堪《たま》らなく、欲しくて。

好きなだけガッガッと貪《むさぼ》っても、まだ……足りなくて。

身体の芯が灼《や》けつくような飢渇感《きかつかん》をもたらす——モノ。

だから。言葉だけではなく、きちんと抱き合って確かめておかないと不安になる。

中学三年の秋。

自分とは対極にある龍平の、いつもはノーテンキなほどの大らかな笑顔に隠された、あの剝き出しになった激情を見てしまったから。

騙《だま》サレタ。

——とは思わない。

詐欺《さぎ》ダ。

——なんて、呆れ返ったわけでもない。

ただ。侮《あなど》れないというか……。

ホント。油断ナラネーヨナ、コイツハ。

——どっぷり深々とため息が漏れただけで。

逆に。あそこで先に龍平がブチ切れてしまったから、翼は、妙に冷静でいられた。でなければ、自分の方が大噴火《だいふんか》してしまって、売り言葉に買い言葉の挙げ句、そのまま哲史を引き摺《ず》り倒《たお》してしまったかもしれない。

そしたら、たぶん。

いや――きっと。哲史との関係は、もっと凶悪で、最悪に破滅《はめつ》的なものになってしまっていただろう。

それを思えば。翼にとっての龍平は、ある意味、哲史に対する無意識の歯止め《ストッパー》であったのかもしれない。

「翼……。ヤ……だって」

「――何が？」

「今日……は、しないって……」

「だから、キスしかしてねーだろうが」

「キス……って――おまえ……」

「キスだろ？」

「……」

「おまえの乳首にキスしてるだけ……だろうが」

上目遣《うわめづか》いに哲史の蒼眸《そうぼう》を搦《から》めとったまま、平然と口にする。それで哲史が黙り込むと、淡いピンクの乳首に何度もキスを繰り返す。

軽く。

ソフトに。

啄《ついば》むように……。

右にも。

左にも……。

「も……いい、だろ？」

掠《かす》れた声で、哲史が音を上げる。

「――まだ、足りねーよ」

本当は。おもうさまキスを貪りながら、哲史の乳首を弄《いじ》りまくりたかった。

いつものように、指の腹で胸の粒《つぶ》を転がし。親指と人差指で摘《つま》んで、尖らせ。芯が通るまで擦《こす》り揉《も》むのだ。

もちろん。そのあとは哲史の股間《こかん》のモノを揉みしだきながら、キリキリに尖った乳首を舌でたっぷり舐め上げ。甘く咬《か》んで、哲史の腰が痙《ひきつ》れるまできつく吸ってやるのだ。

なのに、今夜はキスだけ。

（……やってらんねーぜ）

ブチブチと愚痴《ぐち》りながら、未練たらしく、翼は乳首へのキスを繰り返す。

「ちょっ……翼。も……ダメだってぇ」

逃げる哲史の腰をつかんで、もう一度きっちり膝の上に乗せると。哲史の肩を抱き寄せ、

「足りねーんだよ、哲史」

その耳元で囁《ささや》く。

「キスしかしねーから。な？　キスだけ……。おまえの乳首、もっと……吸わせて」

とたん。哲史はヒクリと小さく首を竦《すく》めた。

首筋が物の見事に真っ赤だ。

くすぐったがりな哲史が身じろぎもせず、固まっている。

翼は、唇の端だけでニンマリと笑う。

「哲史……。俺——舐めたい」

甘く、

「なぁ……いい？」

とびきり甘く。

耳たぶを唇で食《は》んで、

「おまえの乳首、舐めて……咬んで——吸いたい」

——囁く。

キスだけ……。

『舐めて』

『咬んで』

『吸って』

——キスをする。

たっぷりと。

……きつく。

……深く。

唇を押し当て『チュッ』と、あざとく音を立てて。

哲史の羞恥心《しゅうちしん》を掻《か》き毟《むし》るように、乳首を吸ってやる。

それだけで。密着した哲史の鼓動は一気に跳ね上がった。

翼に胸を吸われて、乳首が凝《しこ》る。

舌先で凝りの根をまさぐるようにチロチロと舐め回されると、同時に、下腹にどんどん熱が溜まって。腰が——疼《うず》いた。

「……ッ……ぅぅぅ……」

唇で食《は》むようにきつく吸われて、背がしなる。

尖りきった乳首にはすでにキリキリと芯が通り、凝った愉悦《ゆえつ》の発芽を促《うなが》すように肉厚の舌でたっぷり舐め上げられると、ヒリヒリとした痛みにも似た快感が走った。

「——ぁさ……。いた……い……」

(だから、もぉ……触るなって)

——そう言いたかったのに。

翼は片頬《かたほお》でうっすらと笑って、

「あぁ……いいふうに紅《あか》くなってんな。おまえ、色……白いから、こんなふうに乳首尖らせてると、マジでエロい」

弾力のある舌先で紅く熟《う》れた乳首の先端を弾《はじ》いた。

——とたん。

ピリピリとヒリつくような痛みが乳頭を嫌というほど刺激し、

「……いッ」

思わず呻《うめ》いた拍子《ひょうし》に、甘い疼きは微熱の溜まった哲史の尾骨《びこつ》をモロに直撃した。

『ズンッ』

——と、痺《しび》れが走る。

『キンッ』

——と、微熱《カイカン》が擦《こす》れて火花が散る。

（……ヒ……あぁッ！）

とっさに、哲史は太股を引き締めた。

だが、それは。今の刺激で哲史が一気に昂ぶり上がってしまったことを翼に筒抜けにしてしまっただけだった。

ヤバイ。

マズイ。

絶対——バレた。

（……う……わぁ……。どう……しよ……）

ドクドクとこめかみを締め付けるような搏動《はくどう》を聴きながら、哲史は焦《あせ》りまくる。

キスだけ……それも、乳首を舐められただけでキた。

——なんてことが翼にバレると、

『今日はしない』

そう宣言した手前、非常にマズイような気がして。

なのに。

翼は、何も言わない。

何も——しない。

（もしかして……バレて——ない？）

そんなはずはないと思いながらも、胸のドキドキを抑えて。灼けるような吐息《といき》をコクリと一つ呑んで。翼の顔色を窺《うかが》うように、ソロリ……と、目線を上げる。

——と。

普段は滅多に感情の動くことがない、それでいて他人を寄せつけない強烈《きょうれつ》な存在感を放つ翼の黒瞳《こくとう》が、ひどく蠱惑《こわく》的な色を刷《は》いて哲史を見据えていた。

バレてない——どころか。完璧、この状況を面白がっているのがミエミエだった。

（ヤバイ……だろ）

いったんは収まりかけた搏動が、倍増しで膨《ふく》れ上がる。

（やっぱ……マズイ——よな？）

ワタワタと焦りまくる。

すると。身体の芯はますます熱く疼いて、どんどん収拾がつかなくなる。

その上、駄目押しのように、

「——で？　どうすんだ？　これ」

パジャマの上から股間を鷲摑《わしづか》みにされて。哲史は、ビクンと硬直してしまった。

「まさか……。俺にオアズケ食わせたまま、一人でヌク——とか、言わねーよな？」

「言わね……から、手を——離せ」

「俺に隠れてオナニーなんかしやがったら、根元縛《しば》って、膝の上に乗せたまま奥の奥まで突っ込んで……啼《な》かすぞ」

ことさら平坦《へいたん》な声で『啼かす』と言われて、哲史は顔を強《こわ》ばらせる。

翼が言うと、洒落《しゃれ》にならないから怖い。

『おまえのタマを揉んで、これをしゃぶって、ミルクタンクが空になるまで鳴かせてイかすのは俺のお楽しみなんだから、オナニーなんかすんなよ』

以前。面と向かってそれを言われたときには、赤面モノだったが。茶化して笑い飛ばすには翼の反応が怖すぎて、そんな気にもなれなかった。

幸い、今のところ自慰《じい》をしてペナルティーを喰《く》らったことはないが、座位で翼のモノを深々と銜《くわ》え込まされて散々泣かされたことならある。

普段は届かないようなところまで翼のモノで串刺《くしざ》しにされたような気がして、哲史は、冗談でなく顔が痙《ひきつ》った。

何も縋《すが》るものがない心細さにおもいっきり翼にしがみついたまま、嫌というほど揺すられて――泣いた。

膝も腰も、ガクガクになるまで突き上げられて――啼かされた。

当然、翌日は声が潰れてマジで腰が立たなかった。

それを思うと、顔面からザーッと血が引く哲史だった。

「しない…って。だから、翼、手を……」

とにかく。翼が手を離してくれさえすれば、昂ぶり上がったモノも収まる――はずだ。

そもそも、哲史は性欲には淡泊《たんぱく》だった。

正直な話、翼に、

『おまえが欲しい』

そう言われるまでは、ろくに自慰すらしたことはなかった。

人並みに興味はあっても、そういうことをしたいという欲求は薄かった。

なのに。

今では、翼にキスをされると頭がクラクラするほど血が滾《たぎ》り、乳首を弄られるだけで腰が痺れる。龍平の抱き枕にされてもぐっすり熟睡《じゅくすい》できるのに、だ。

翼だけ……。

翼だけが哲史を煽《あお》り、昂ぶらせる。

だから、翼の甘い——だが毒のある呪縛《じゅばく》から逃《のが》れたくて。哲史は、

「翼。手ぇ……離せって」

腰を捩《よじ》る。

だが……。翼は、

『おまえの乳首を舐めて、咬《か》んで、吸いたい』

甘く囁《ささや》いた同じ口で、

「——イけよ、哲史。飲んでやるから」

唆《そそのか》す。

「このまんまじゃ、収まらねーだろ？」

布越しにグリグリと揉み上げて、身体中に甘い疼きが走る。

思わず唇を咬んで項垂《うなだ》れると、

「コレ……舐めてやるから」

更なる血の猛《たけ》りを煽るように、ギュッと握り込まれる。

そして、もう片方の手で背筋をなぞりながら、

「だから、ほら——腰、上げろ」

甘い囁きとは裏腹に、芯の強《こわ》い眼差《まなざ》しで哲史を促した。


ベッドの中。

邪魔《じゃま》なトランクスごと哲史のパジャマのズボンを取り去ってしまうと、

「——翼?」

翼の愛してやまない蒼《あお》い瞳《め》が、どこか不安げに翼を見上げた。

「なんだ?」

「挿《い》れたり……しないよな?」

ここまで来て、まだ、それを言うか?——とも思ったが。『しない』と言って、強引《ごういん》に強請《ゆす》り倒して事に及《およ》んだ自覚なら、腐るほどある翼だった。

「——しねーよ」

ブスリと漏らしざま、このまま、なし崩《くず》しにエッチへと雪崩《なだ》れ込んでしまいたかった確信犯な翼は、内心、舌打ちをする。

今日の哲史は、いつになくしぶとい。心《しん》から翼を拒絶しているわけではないが、頑《かたく》なに翼を牽制《けんせい》する。

(やっぱ、親父がネックだよな)

それなら、それで。翼的には、父親が出かけていった朝イチからサカってもいっこうに構わないのだが。それをしたら、マジで哲史を怒《おこ》らせてしまいそうな気がして……。

けれども。

「――ゴメン。俺……おまえとするのイヤじゃないけど……。親父さんが下にいると思うと、なんか……落ち着かなくて。おまえにされると、その……気持ち良すぎて、途中から訳わかんなくなっちまうから……。へ…変な声――聴かれるの……イヤだし。だから……」

今の今、耳の先まで真っ赤にしてそんなことを言い出す哲史が異様に可愛《かわい》くて。欲求不満のささくれた気分も、一気に霧散《むさん》してしまう。

(これだから、敵《かな》わねーんだよなぁ)

あざとさなど欠片《かけら》もない無自覚さで翼のツボを押しまくる哲史は、やはり最強だった。

「だから――ゴメンな?」

コバルト・ブルーの眼差しが、わずかに揺らめく。

それでも。

このまま――哲史の蒼眸《そうぼう》に魅入《みい》られたまま押し切られてしまうのも、なんだか癪《しゃく》に障《さわ》って。

翼は、

「なら——言えよ」

その眼《め》を、ゆったりと見返す。

そして。剝き出しになった哲史の股間を再度握り込むと、

「これを舐めて。飲んで。気持ち良くイかせてって……言え。そしたら、今日は挿れないで我慢してやる」

哲史は、小さく双眸《め》を瞠《みは》った。

——が。

次の瞬間には、眦《まなじり》まで朱《しゅ》に染めた。

「翼……俺の、舐めて。気持ち良く、して……。俺の——飲んで、イかせて」

くっきりと艶《つや》やかな欲情すら滲《にじ》ませて。

（…ンと、たまんねーよな）

妙に灼ける喉《のど》をコクリと鳴らして、翼は、哲史の膝を割るように足を絡めた。

舌で。

歯、で。

唇……で。

舐めて。

甘く――咬んで。

きつく吸われて……。

快感の芯が通るほど散々乳首を弄《いじ》られて淫《みだ》らな熱を溜め込んだ哲史のそれは、掌《てのひら》でやわやわと揉み込んだだけですぐにしなりを増した。

それでも。弾けてしまうには、まだ――足りない。

わかっていて、翼は、ことさらに愛撫の手を強めて一気に哲史を追い上げようとはしなかった。

ここまで来て哲史を焦らして楽しむほど悪趣味《あくしゅみ》でも、底意地悪くもないが。翼にとっても、まだ、足りないモノがあった。

「――哲史。目ぇ……開けろ」

握り込まれたモノを揉まれる快感にとろとろと蕩けている哲史の耳元で、囁く。

「……ん…？」

うっすらと吐息を喘《あえ》がせて、哲史がゆっくり……目を開ける。

その蒼眸はトロリと潤《うる》んではいたが、まだ、翼の望む色彩《いろ》ではなかった。

それを見届けて、翼は、手の中のモノを揉みしだく。

強く。

──弱く。

きつく。

──淫らに。

「……ッ……ぁ……ぅぅぅ………」

掠れた声を漏らしざま、食いしばった哲史の唇から零《こぼ》れる喘ぎが一気に逸《はや》る。

その熱に浮かされて、哲史の瞼《まぶた》はパッタリと閉じてしまう。

とたん。

翼は、愛撫の手を止めてしまった。

「……ぁ……」

いきなり途切れてしまった快感に、哲史は、わずかに眉間に皺《しわ》を寄せる。

「目──開けてろ、哲史」

「…つ…ぁさ?…」

「もっと気持ち良くしてやるから。目ぇ開けて、ちゃんと、俺を見てろ」

束《つか》の間、戸惑《とまど》ったように、哲史が視線を泳がせる。

「イきたいだろ？　だったら、目を閉じるんじゃねー」

澄み切った空の蒼さを切り取って塡《は》め込んだかのような哲史の双眸。世界に一つきりのその宝石が、しっとりと淫らに潤んで海の碧《あお》になる。

その瞬間を、くっきり目に焼き付けておきたい。

誰も知らない、哲史自身も見ることが叶《かな》わない。それは、翼だけに与えられた特権だった。

「俺がいいと言うまで、ちゃんと、俺を見てろ。そしたら、おまえの好きなとこ、いっぱい舐めて……イかせてやる」

囁きながら、指先で双珠《そうじゅ》をクリクリと弄る。

——と。

「……うっ……くぅぅ……」

息を呑んで。哲史は、ともすれば落ちてしまいそうになる瞼をこじ開けた。

「……んっ……んっ……あ……ぁぁ……っ……ん……」

掌で痛いほど双珠を揉みしだかれて、哲史は、くぐもった喘ぎを漏らす。

股間に溜まった熱は膿《う》んで、蜜口からトロトロと零れ落ちる。

その雫《しずく》を舌先で掬《すく》い取るように、下から上へ、翼は何度も舐め上げる。

そのたびに、哲史の太股はピクピクと痙《ひきつ》れた。

すでに、二度。吐精《とせい》した。

だが、そのすべてを飲み干してもなお、翼は口腔《こうくう》に哲史を銜《くわ》え込んで離さない。

指で、煽《あお》られて。
唇で、扱《しご》き上げられて。
熱く絡みついた舌で、更に欲情させられる。
「……っ……ぁ……さぁ……。も……出……ない……。出……ない……」
掠れた声で繰り返し、哲史が口走る。
だが。翼に袋《ふくろ》ごとタマをしゃぶられて、背が反り返り。
その裏筋を舌先で何度もなぞられて、寒気ともつかぬものが走り抜け。
そのたびに、股間が熱く疼《うず》いた。
過ぎた快感が、哲史を苛《さいな》む。
それでも。燻《くすぶ》り続ける微熱はほんの些細《ささい》な刺激でヒリヒリと甘く疼いた。

もう、出ない。
だから、もう……勘弁《かんべん》して。
唇を、咬《か》んで。
掠れた声で。
開かせたままの太股を痙らせて、哲史が哀願《あいがん》する。

だが、散々焦らされた翼は聴く耳を持たなかった。

（エッチもできねーんだから、その分、たっぷり搾《しぼ》り取ってやる）

出ないと言い張るくせに、舌で舐め上げてやればトロトロと逐情《ちくじょう》する。

蜜口に溜まる雫を舌で舐めとりながら、翼は、その切れ込みを指の腹でやんわりと擦《こす》る。

――とたん。

「…ヒッ…あぁぁ」

哲史の身体がしなって、跳ねた。

翼の手の中のそれが、更に硬《かた》さを増す。

翼は、思わず――ニンマリとほくそ笑《え》んだ。

（……なんだ。まだまだ、イケるじゃねーか）

それならば遠慮《えんりょ》はいらないとばかりに、翼は、今の刺激でタラタラと先走りの愛液を垂れ流しはじめた蜜口を爪の先で弾《はじ》く。

「――ヤッ…」

――と。面白《おもしろ》いように、哲史の太股がビクビクと痙れた。

**** Ⅳ ****

土曜日。

外は、あいにくの雨だった。

夜が明ける前からバシバシと叩き付けるように降りだした雨は、午前八時を過ぎると、ほんの少し、雨足を弱めた。

だが。

外は雨でも、龍平は朝から上機嫌だった。

（ふふふ……）

常日頃《つねひごろ》から。

季節を問わず。

いつでも、どこでも、春爛漫《はるらんまん》な雰囲気を醸し出している龍平だが。今朝は特に、幸せ満開のピンクのオーラが全身から出まくっていた。

なぜなら。

今日は、部活はナシの完全休養日。

（ははは……）

しかも。

哲史と二人で、バッシュの紐を買いに行く予定なのだ。

（へへへ……）

本当は、先週の土曜日に哲史を誘う予定だったのだが。例の事件が勃発《ぼっぱつ》して、今日に延期したのだった。

そんなものだから。

一週間遅れてしまったけれども、気分は上々で。

（テッちゃんと出かけるのなんて、ホント、久しぶりだよなぁ）

いつにも況《ま》して唇は綻び、

（ついでだから、バッシュの紐だけじゃなくていろいろ見て回ろうかな）

頬はユルユルで、

（昼飯は、テッちゃんが好きなパスタがいいよな。イタ飯のおいしいとこ、黒崎《くろさき》先輩に教えてもらったし。はぁぁ……楽しみ）

目尻《めじり》は下がりっぱなしなのだった。

ウキウキ。

……ドキドキ。

…………ワクワク。

心も頭も弾《はず》んで、思わずハミングでもしてしまいそうであった。

——と。

いつもは、休日など関係なく、朝早くから制服で出かけていく龍平が珍しくもパジャマのまま遅めの朝食を食べているのを見て、

「あれ？　龍平、どうしたのよ。あんた、今日は部活じゃないの？」

明日香が言った。

「今日は部活ないから」

「へぇ……お珍しい」

本当に珍しいこともあるものだと、明日香は目を丸くする。

そして。ニヤリと笑った。

「あっ……だから今日は、朝から雨なんだ？」

「ヤなこと言わないでよ」

口ではそんなことを言いつつも、龍平の顔から笑顔は消えない。

「——で？　何よ？」

「へ…？　何が？」

「朝っぱらから、なんでそんなにニマニマしてるのかなぁ……と思って。デート？」

家にいるよりも学校にいる時間の方が長い、日々バスケ浸《づ》けの龍平にそんな暇《ひま》も甲斐性《かいしょう》もないことを知りながら、明日香は口の端でからかう。

「違うよ。バッシュの紐を買いに行くんだよ」

たかが、バッシュの紐で、この機嫌のよさは只事《ただごと》ではない。

――とでも言いたげな明日香は、

「……テッちゃんと？」

ズイと、身を乗り出す。

「うん。今使ってるの、かなりくたびれてるから。明日は清祥《せいしょう》との練習試合だし、念のために予備のやつ持っていこうと思って」

ニコニコと即答《そくとう》する我が弟に、明日香は今更ながらのため息を漏らす。

「テッちゃんと出かけるの久しぶりだから、なんか、ワクワクしちゃって。ついでに昼飯食って、いろいろ見てくる」

「あっ、そう。ご馳走《ちそう》サマ」

「……え？　何が？」

「いーえ。何でもございません」

休日に、わざわざバッシュの紐を買いに哲史を付き合わせる龍平の神経を、今更どうのこうの言う気はなかったが。

食事をして？

ショッピング？

それが大好きな『テッちゃん』と一緒なら、それは、やはりデートだろう。

何の違和感《いわかん》もなくそう思う明日香の頭も、立派に毒されていた。

北白河《きたしらかわ》の繁華街《はんかがい》は、雨にもかかわらず混んでいた。

もっとも。東西南北のビル群を網羅《もうら》する、巨大迷路《きょだいめいろ》のごとく張り巡《めぐ》らされた地下街に潜《もぐ》ってしまえば、天気など関係なかったが。

そのせいか。地下街は人で溢《あふ》れ、行き交《か》う人いきれでムッとするほどだった。

「なんか……やたら人が多いよね？」

「土曜日、だしな。それに、外は雨だし。みんな地下に潜ってんじゃないか？」

「ンじゃ、さっさと行っちゃおうか？」

「まずは、バッシュの紐……だろ？」

「うん。そのあと、昼飯、食おうね」

一階から六階まで一館丸ごとスポーツ専門店として人気の『ＮＡＪＩＭＡ』は、広々としたフロアにブランド品から無印オリジナルまで。価格も、そのバリエーションも、サイズも豊富だった。

一見、何の執着心もなさそうに見えて、その実、持ち物にはけっこうなこだわりのある龍平だが。持ち金と相談して、あれこれ迷ってじっくり見て選ぶ――タイプでもない。

要するに、世間様で言うところの『センス』が若干外れ目というか、個性的にダイナミックというか……。

まぁ、龍平らしいと言えば龍平らしいわけで。小学校時代に、そこらへんのところを、翼におもいっきり、

「おまえ、それって、変」

「絶対、おかしい」

「今よりもっとマヌケに見えるから、それだけはやめとけ」

ズバズバと指摘《してき》されて以来、いまいち、自信が持てないのか。何かを買うときには、必ず哲史を誘うのだ。

バシバシ言いたい放題吐きまくっても何のフォローもしないのが翼で、すっかり途方に暮れてしまった龍平を見かねて、哲史が、

「なぁ、龍平。これ……どう？　この色、好きだろ？　それもいいけど、俺は、龍平にはこっちの方が絶対似合うと思うよ？」

アドバイスをしたのがきっかけで、自分で選ぶよりも哲史に任せておけば大丈夫——という刷り込みがきっちり入ってしまったのだった。

それはそれで、問題大ありのような気もするが。龍平のこだわりがある物はごくごく限られていたので、哲史としても、

(まぁ、それでもいいか)

その程度のことだった。

だから、というわけではないが。龍平からの誘いがあるときには、哲史は滅多に断らない。

翼は翼で、

「…ったく、あいつは、いつまでたってもガキ丸出し。バッシュの紐なんか、どこで買ったって同じだろうがよ」

そんなふうにバッサリ斬って捨てるが。それも、いつものことで。言葉ほどには、その口調《トーン》に棘《とげ》も毒もこもらなかった。

高校生になって、龍平の部活動はますますハードになり。休日も返上で、びっしりと試合のスケジュールが組まれている状況《じょうきょう》では昼休みの弁当タイムくらいしかゆっくり話す時間もなくなってしまい、こうやって、たまに龍平と出かけるのは楽しかった。

それに。

何と言っても。

龍平はタッパはあるし、鍛《きた》えられたプロポーションは抜群《ばつぐん》だし、アクの強すぎないイケメンだし。肉付きが薄《うす》くて、何を着ても服に着られている感の抜けない自分と違って飾《かざ》る楽しみがあって、翼とはまた別口の『カッコイイ幼馴染み』を見るのが哲史は好きなのだ。

ちなみに。

翼は。身に付ける物は行き付けの店で——それも、見るからに高級店で、哲史などは入るのにもいつも気後《きおく》れしてしまう。その点、翼は慣れたもので、気に入った物は値段も見ずにさっさとカードで買ってしまう。

そこらへんの金銭感覚からして、すでに違っているわけで。

おまけに。翼みたいな超絶美形には『ブランド品が普段着』みたいなイメージがこびりついているせいか、あくまで庶民《しょみん》の哲史はいまだに恐《おそ》ろしくて値段が聞けない。

ましてや。

「どうだ、似合うか？」

間違ってもそんなことは言わないので、そこらへん、哲史がいても何の役にも立たない。

まぁ、翼がごくごく普通の店で服を選んだりしていたら、皆《みな》がボーッと見惚《みと》れて一人ファッションショーになってしまうのは容易に想像できてしまうのだが。最近は、誰も彼もがすぐに写真機能付きの携帯電話を突《つ》きつけて、モラルも節操もない恥知らずの即席《そくせき》パパラッチになってしまうので、特別に用事がない限り、翼は、人混みの中を好んで歩きたいとは思わないようだった。

もちろん。

盗《ぬす》み撮《ど》りされる確率からすれば、龍平も翼とそう大して変わらないのだろうが。やはり、バスケプレーヤーとしてその名前も顔もある程度は露出《ろしゅつ》してしまっている龍平と違って、その露骨さに対する極端《きょくたん》な拒絶反応ぶりが一番の問題だったりするのかもしれない。

「ほら、龍平。これなんか、どう？」

そう言って哲史が差し出したのは、鮮《あざ》やかなオレンジ系。

「派手じゃない？」

「ぜんぜん。おまえ、明るい色は何でも似合うからな。こんくらいでもバッチリ」

立ってるだけでキラキラ眩《まぶ》しい、その存在感自体が充分派手な龍平には、これくらいはっきりした色がよく似合う。特に、足下《あしもと》のアクセントならば充分だろう。

龍平としては、本当は、今使っているのと同じ物が欲しかったのだ。

だが——タイミング悪く、品切れ状態で。それに替《か》えてからずっと調子が良かっただけに、ちょっとガッカリだったのだが……。

龍平なりのこだわりを知っている哲史は、

「どうする？　再入荷するまで、待つか？」

たかがバッシュの紐くらいで……などとは思わない。

「うーん……。どうしようかな」

「でも、どっちにしろ、予備はいるんだろ？」

「うん」

「じゃ、とりあえず、一つ買って帰れば？　これってけっこう目立つから、ダンクかましたときなんか、足下もバッチリ目立ってカッコイイぞ？」

嘘は言わない。

おだてる必要もない。

龍平くらいになると、何をやってもカッコイイことに変わりはないのだし。

本番の——公式試合にそれが使えるのかどうかはわからないが、練習試合なら別に問題はないだろう。

「ンじゃ、そうする」

ニコリと笑って手に取る龍平は、値札を確認《かくにん》することもない。そこらへんも全部コミで、哲史の見立てを信用しているのだった。

「あ……そういや、今度、翼も応援《おうえん》に行ってみようかとか言ってたぞ」

この間、翼と話していたことを、ふと口に出してみる。

とたん。

「えっ、マジで？　いつ？」

龍平は、キラキラと目を輝かせる。

「いや……それは、まだ聞いてないけど……」

「ツッくん、来るなら、俺、バリバリ全開で頑張っちゃう」

やっぱり、合い鍵《かぎ》よりもそっちの方が本命だったのかもしれない。

——だが。

いつもは絶対来ない翼が来ると聞いて、何か急に心配にでもなったのか、

「でも、テッちゃんは、いつもみたいに、ちゃんと全部、応援に来てくれるんだよね？」

真顔で、哲史の目を覗《のぞ》き込んだ。

(全部の試合ときたか。はぁ……龍平の奴、地区大会は優勝することしか考えてねーな)

それがまったくの大言壮語《たいげんそうご》には聞こえないところが、やはり、大物なのだろう。

「行くよ、もちろん」

龍平の顔が、それだけでパッと明るくなる。

「去年の冬の大会は、もうちょっとで県のベスト4だったしな。惜しかったよなぁ、ホント。でも、今年は、みんな春から調子いいんだろ？」

「そうなんだよ。地区大会に向けて、ガンガンやってるとこ」

「張りきりすぎて、怪我だけはするなよ？」

「大丈夫。集中力とリラックス、イメージトレーニングもバッチリ」

いつもはまったりポヤヤンな春の日溜《ひだ》まり状態な龍平も、バスケのこととなると、俄然《がぜん》テンションも上がってくるのだった。

「買うのは、それだけでいいのか？」

「ついでだから、Tシャツとかも見ていい？」

「いいぞ」

どうせ、今日は翼も翼の父も夕食はいらないと言っていたし、じっくりと龍平に付き合うつもりの哲史だった。

絶えずニコやかな極上《ごくじょう》の笑顔《えがお》で、龍平が哲史を見やる。

身振《みぶ》り、手振りを交え。

ときには、哲史の腕《うで》をつかんで。

あれやこれやと、指をさす。

そのたびに、哲史は。

同じように視線を向けて、言葉を返す。

穏《おだ》やかな口調で。

優《やさ》しい笑顔で。

そうすると。二人の周りだけ、まるで違《ちが》う時間が流れているようで……。

体格的にも差のありすぎる二人連れが目立たないはずはなく。

遠目にも。

近目にも。

二人が仲良く肩を並べて歩き出すと、そのたびにごっそり……視線が移動した。


「なぁ、あれって、沙神高の市村じゃねー？」

「マジでか？」

「はぁぁ……。やっぱ、デカイよなぁ」

「なんか、羨《うらや》ましいくらいガタイいいよな、ホント」

「となりの奴がチビで細っこいから、よけいにそう見える」

「もしかして、中学生？　まさか……弟じゃねーよな？」

「つーか……。なんか、さ。やってるときと、えらくイメージ違わねー？」

「バァカ、おまえ知らねーの？」

「何を？」

「市村って、普段は『脱力《だつりよく》系キング』なんだぜ」

「なんだよ、それ」

「まったり、ゆったり、春の日溜まり状態」

「はぁ？」

「コートに入るまでは、まるっきりの別人ってこと」

「おぅ。なんか、天然入ってるって噂もチラホラと……」

「けど。戦闘《バトル》モードになるとマジでスゲーんだってば」

「そんなにスゲーの？」

「ノッてるときはもう、手が付けられないって、感じ？」

「へぇ……」

「3Pバシバシ決めちゃって……。リングにかすりもしないんだぜ」

「ホント。痺れまくりのカッコよさ——なんだよなぁ」


フロア中の視線を浴びていることに、気付いているのか。

——いないのか。

二人の腕こそ絡まってはいないものの、同じ物を違う視差で、同じように覗き込む哲史と龍平には、一目瞭然の親密さが溢《あふ》れていた。

「うわぁ……。なんか、ステキぃ……」

「理想の王子様が服来て歩いてるよぉ」

「背が高くて、スタイル良くて──イケメン」

「ウン、ウン。もうバッチリ、ストライクゾーンのド真ん中って感じ？」

「いるんだぁ、ホントに」

「予想外の眼福って、感じ？」

「バスケ？　バレーかな？」

「どっちかだと思うけど……」

「うん。やっぱ、サッカー選手って感じじゃないよね？」

「でも、あの二人、なんか……仲良さそうだよねぇ」

「ほら、ほら。二人で肩寄せあって、見てるよぉぉ」

「いやぁぁん♡　何よ、あれぇぇ」

「蕩けてるじゃん、笑顔が……」

「ね、ね……。携帯でちょっと隠し撮《ど》りしちゃおうか」

「あ……だったら、王子様だけのアップにしといてよ？　ちっこいのジャマ」

「OK、OK。任せといて」

そして。

フロア中央のエスカレーター付近では。

なぜか。

沙神高校バスケ部の面々が、揃っていた。

それも。

なぜだか。

こっそりと、二人の様子を窺《うかが》うように。

「だぁぁぁ………。なんだよ、市村の奴ぅぅ。せっかく、本命の彼女の顔が見られると思ってたのにぃぃ」

アイボリー色の壁に張り付いたまま、江上《えがみ》が虚《むな》しく吠《ほ》える。

「だから、言ったじゃねーか。ムダだって……」

どんよりとため息を漏らして、梶原《かじわら》がつぶやく。

すると。

「やっぱ、市村……だよなぁ」

コクコクと、永井《ながい》が頷《うなず》いた。

その横で、

「そう、そう。よくも悪くも期待を裏切らないっていうか、まったく代わり映《ば》えがしないっていうか……」

山形《やまがた》が、のんびりと言い添える。

「だって、市村の奴、黒崎先輩にデートコースにゃ欠かせないイタ飯屋の場所まで聞いてたんだぞ?」

だから、江上は。

(こりゃ、もう絶対、デートに間違いないッ)

——と、思ったのだ。

バッシュの紐はただの口実で、実は、彼女とのデート。

どこの何者なのか、誰も——知らない。

とにかく、ガードが硬くて。

チラリとも、その影《かげ》がつかめない。

だが、誰もが興味津々《きょうみしんしん》で知りたがっている本命《ランチバッグ》の彼女とのデート……。

「おまえらだって、正体不明の本命の彼女の顔見たいって、言ってたじゃねーか」

いまだに未練がましく、江上は愚痴《ぐち》りまくる。

ちょうど、買いたい物はあったし……などという建て前は別にして。実は、江上はドキドキのワクワクで、他の部員たちも半信半疑のソワソワ状態で待ち構えていたのだが……。

なのに。

満面の笑顔全開でやってきた龍平のそばには、杉本哲史。

その瞬間。

沙神高校バスケの面々は、ガックリと項垂《うなだ》れ。

どっぷり深々と、ため息を漏らしたのだった。

ある意味、予想に違《たが》わずというか……。

何と……いうか。

やっぱり、これかよ?

夢、破れたり……。

おいしい展開を期待していた俺らがバカでした。

——という、結末で。

「はぁぁ……。まるっきし、二人の世界じゃん」

「ホント、仲いいよな、あいつら」

「つーか……。学校にいるときと、ぜんぜん、変わってねーって」

「仲よすぎて、俺、ときどき……あれって、一種の『視界の暴力』じゃねーかって気がするんだけど」

「市村龍平ホモ疑惑《ぎわく》？」

なにげに梶原がそれを口にした。

――とたん。

皆が揃って同じことを思い出し、ブルリと身震《みぶる》いをした。

「それって、禁句だってば」

コクコクと、皆が頷く。

できれば、思い出したくない。去年の一件は……。

それは。

『杉本哲史にチョッカイをかけて、市村龍平を怒《おこ》らせるな』

その合い言葉とともにある、バスケ部の戒《いまし》めであった。

「――だよな。あれって、やっぱ、どう見たって、大型犬が尻尾《しっぽ》ブンブン振《ふ》ってジャレついてるだけだし」

「そうそう。ンで、杉本の見かけがあれなんで、最初はみんな誤解しちまうっていうか……」

斯《か》く言う彼らも、初めはそのクチであった。

何しろ、初めからベタベタのアマアマで。

ゲッ。

――オワッ。

――――ヒェェェッ。

美化されまくっているとしか思えない『噂』の凛々《りり》しさとは雲泥《うんでい》のその実像に、誰もが言葉を失い。

目を剝き。

思わず、引いてしまった。

そんな周囲の困惑など完璧無視で。笑顔全開で連発する言葉と言えば、

「テッちゃん♡」

――である。

たとえ、小学校からの幼馴染みであったとしても。

『そりゃ、ねーだろぉ』

――と嘆《なげ》く、面々であった。

ガタイのいい高校男児が。

バスケ部の期待のホープがッ。

『あんな、ボケまくりのキャラでいいのかぁぁぁぁぁッ！』

なんだか、ガックリ脱力してしまったのである。

まぁ、さすがに、ボールを持つと別人のようにキリキリ締《し》まって。

『おぉぉッ！』

——と思わせるのだが。

コートを離《はな》れると、元《もと》の木阿弥《もくあみ》……。

そのギャップの激しさときたら、もう……。なんとも言えない。

そして。

例の事件が勃発して。

たとえジョークでも、

『市村ホモ説』

それを口にしなくてよかったと。

皆が皆、陰で、ホッと胸をなで下ろしたのであった。

「けど、よくよく見ると、杉本って市村に振り回されてるようで、まるっきり動じてないっていうか。ちゃんと、しっかり、リードしてんだよな」

嵐《あらし》が去ったあとは視界良好で、何もかもがクッキリとよく見える。

そうすると。

それまで気が付かなかった些細《ささい》なことも、目に入らなかった裏の裏まで、いつもとは違った視点で見えてくる。

「市村がフラフラ、どっかに飛んで行っちまわないように……か？」

「さすが幼馴染みって、とこ？」

「おぅ。だいたい、バスケやってないときの市村って、俺らパンピーにゃ、ちょーっと重すぎるキャラだし？　そういう意味じゃ、俺、杉本ってスゲーなぁ……って思うぜ？」

そうなのだ。

何しろ。あの半端でなく天然の入った龍平と、筋金入り冷血感な俺サマな翼と堂々タメを張れる、希有《けう》な存在であるのだから。

それを知ることができただけでも、あの乱闘騒《らんとうさわ》ぎにはそれなりの価値はあった。

「……つーか。俺、不思議でしょうがないんだけど」

「何が？」

「市村が大型犬なら、蓮城は、どうなん？」

「どう……って、何が？」

「いや、だから。蓮城ってさ、杉本絡《がら》みであんだけ露骨にバシバシど突き回しても、下僕志願のヤローどもをべったり侍《はべ》らせても、絶対『ホモ疑惑』出ねーんだよなぁ」

「そりゃ、おまえ、あの顔で、あのガタイだしな。女が放《ほう》っておかねーだろ」

それ以外に、どんな理由があるとでも？

学校内ではあの激烈《げきれつ》な本性《ほんしょう》がバレまくりだから、女子たちは怖がって、今更誰も近寄りもしないが。黙って立っていれば、当然、女は選《よ》り取り見取り……だろう。

「蓮城なら、セフレに不自由してるようには見えねーもん」

それも、絶対、年上キラー……。

同年代の女はガキすぎて、まず、翼の方で相手にしないだろう。

「あれ、絶対、外で遊んでるタイプ」

部活、部活に明け暮れて、ひたすら彼女イナイ歴を更新《こうしん》し続けているバスケ部の面々は――いや、沙神高校の男どもはそれを信じて疑わない。

「市村にしたってさ、彼女ができたって、あれじゃあ、ぜんぜん長続きしないっていうか……本命ゲットなんて、まるっきり見込みねーんじゃねーの?」

その言葉の信憑性《しんぴょうせい》に同意すべく、フムフムと皆が頷く。

「……だよなぁ。フツーは、さ。女って、だいたい『バスケとあたしとどっちが大事?』とか言うんだろうけど。市村の場合、『あたしと杉本君とどっちが大事なのッ?』とか詰め寄られたら、絶対『テッちゃん』――なんて、即答《そくとう》しそうじゃん」

それも、極上《ごくじょう》の笑顔で。

そんな場面をすぐさま想像できてしまう、俺らって……どうよ?

誰も口に出さないだけで、どんよりとため息が漏れた。

「まっ、なんだな。あーゆーの見せつけられても絶対にヤキモチを焼かない、デーンと根性の据わった女じゃなきゃ、市村の彼女にゃなれないよな」

「や……そりゃ、絶対、無理なんじゃねー？　あそこに蓮城が絡んだ日にゃ、ヤキモチどころか……凍るぜ？」

「テッちゃんに、ツッくん――だもんなぁ。大物すぎて、はぁぁ……ついてけねーって」


そのとき。

哲史は。

誰かに見られているような、強い視線を感じて。ふと、顔を上げた。

それは。

先程までの、ザワザワと周囲が波打つようなざわついた不特定多数の視線《それ》とは違って、もっと強くてヒリヒリとした直視線――だったような気がしたのだが。

（……気のせい？）

ひとあたりザッと目をやって、哲史は小首を傾《かし》げる。

哲史は持って生まれた奇異《きい》な双眸《そうぼう》のこともあって、昔から人の視線には敏感《びんかん》だった。

小学校に入るまでは、一種の恐怖症《きょうふしょう》に近いくらい人の視線が怖かったこともある。

それは、翼と龍平の存在によってずいぶんと癒《いや》されたし。中学生になって、家の外では黒のカラー・コンタクトレンズを入れて過ごすようになってからは、衆人環視《しゅうじんかんし》の恐怖感もほとんどなくなった。

ただ……。

それがなくなったからといって、他人に『視《み》られている』感触《かんしょく》まで消えてしまったわけではない。自意識過剰《かじょう》ぎみにピリピリと張り詰めていたそれが、気にならないという程度までレベルダウンしてしまったというだけだ。

皮肉な話なのだが。翼と龍平によって癒されたその『感覚』は、裏を返せば二人と一緒にいる限り永遠に消えてはなくならないものなのだ。

嫉妬。

羨望。

敵意。

嘲笑《ちょうしょう》。

——etc。

哲史に対する感情視《ベクトル》は流動し、変貌《へんぼう》する。

けれども。

それを受け流して動じないだけの余裕《よゆう》が、今の哲史にはあった。

何より。

学校外で黒瞳《こくとう》の哲史が一人でいても、誰も注視しない。

——はずだった。

の、だが……。

さっきまで一緒だった龍平は、手にした品物を持ってレジに並んでいる。

哲史は喉《のど》が渇《かわ》いたので階段の踊り場に設置された休憩所《きゅうけいじょ》に先に来て、自動販売機《じどうはんばいき》でコーヒーを飲むつもりだったのだ。

だから。

哲史は。

誰かの視線を感じたのは、やはり、気のせいだろう——だと思ったのだ。

しかし。

背後で足音がして、龍平が来たのかと振り向いた。

——そのとき。

哲史は。

そこに佐伯翔の顔を見つけて、思わず……目を瞠った。

(——な…んで?)

なぜ。

こいつが。

こんなところに……いるのか？

それを思って。

例のことがあったあと、佐伯がテニス部のホープであると聞きかじっていた哲史は、ここで出会ったことがそんなに特別の偶然《ぐうぜん》でもないことに思い至った。

ただ。特別の偶然ではないが、この階は小球のテニス・フロアではなく大球用品専用のバスケ＆バレー・フロアだということを考えれば、もしかしたら、それは意識的な偶然だったりするのかもしれない。

館内のどこかで哲史を見かけて、あとを追ってきた。そうとしか思えない。

（…ったく、何を考えてやがるんだかなぁ）

哲史は、何の用かは聞かない。

めいっぱい敵意を剝き出しにした佐伯の顔つきからして、とうてい、自分の非を認めて頭を下げに来たとは思えなかったからだ。

佐伯も、何も言わない。

自然と、無言で睨み合う形になる。

キリキリと。

——大気が引き絞《しぼ》られていき。

チリチリと。

——首の後ろがざわめき。

ジリジリと。

——時間がささくれ立つ。

その沈黙《ちんもく》に焦《じ》れて口火を切ったのは、やはり佐伯だった。

「まさか……こんなとこで、あんたと鉢合《はちあ》わせするとは思ってなかった」

その台詞は、そっくりそのまま——いや、十倍にして佐伯に返してやりたい哲史だった。

あんなことが、あったあとに。

しかも。翼に一発叩《はた》かれて、面目を潰し。

スキャンダラスな噂のド真ん中で。

二度と哲史の顔など見たくもない。

そう思うのが、ごく普通の感覚ではなかろうか。

哲史にしたところで。顔面の傷もほとんど目立たなくなった今になって、再び佐伯と関《かか》わり合いになるのは御免被《ごめんこうむ》りたかった。

なのに。

「市村先輩と、デート?」

臆面《おくめん》もなく、そんなことまで口にする。

(こいつ……。翼に一発喰らったショックで、どっか……頭のネジが一本、すっ飛んじまったんじゃねーの?)

哲史は、否定も肯定《こうてい》もしなかった。

何を言ったところで、揚《あ》げ足を取って絡んでくるのがわかりきっていたからだ。

「ふーん……。やっぱ、そうなんだ?」

何も答えず、コーヒー缶《かん》を手にしたまま、哲史は歩いて佐伯をやり過ごす。

(バカな奴は相手にしない)

それが一番だった。

しかし。

「逃げんのかよッ」

背中に突きつけられた声は、苛立たしさに尖《とが》り切っていた。

哲史は振り返りもしない。

すると。

「あんた、市村先輩とデキてんだろッ。だったら、蓮城さんにまで色目使うなよッ」

その瞬間《しゅんかん》。

ビクリッ——と。

哲史の足が、止まった。

見当違いもはなはだしい佐伯の言いがかりに憤慨《ふんがい》して、一瞬、頭が煮《に》えたぎったから——ではない。

踊り場の角を曲がったとたん、いきなり目に入ったのが龍平の顔だったからだ。

しかも。

龍平の背後には、なぜか焦《あせ》ったような顔つきの江上たちバスケ部員までいて……。

(——え？　なん…で？)

哲史は呆気に取られた。

佐伯の顔を見つけたときとは、まったく正反対の『なぜ？』が、哲史の頭の中を擦《す》り抜けていく。

なんで？

……いったい。

どういうこと？

そんな哲史の驚《おどろ》きが、佐伯には、自分が投げつけた言葉に動揺《どうよう》しての硬直《こうちょく》だとでも思ったのか。立ち止まったまま動かない哲史の背中越《ご》し、勝ち誇《ほこ》ったように言い放った。

「バレバレなんだよ。市村先輩なんか、デレデレの甘々じゃん」

別に、デレデレの甘々ではない。

龍平にとっては、あれがごくフツーの状態なのだ。

そんなことを、佐伯に教えてやる気もしないが。

「あの市村先輩をどうやって堕《お》としたのか知らないけど。あの人の趣味《しゅみ》の悪さを、どうこういうつもりはないけど。その、きったない目で蓮城さんに色目使ってんじゃねーよッ」

声はすれども、龍平の立っている位置からは佐伯の姿は見えない。

……はずだ。

だが。

いつからそこにいたのかは知らないが、龍平には、暴言吐きまくりの相手が誰だかわかっているようだった。

(う…わぁ……ヤバイよ。龍平、キレそう……)

すでに。

龍平の顔からは笑《え》みが失《う》せ、まったり感の抜け落ちたその表情にはいつにない怒《いか》りすら浮かんでいる。

(龍平……。頼むから、暴走すんなよ？　おまえまでキレちまったら、もう、やってらんねーからな、ホント)

哲史は、いっそ、天を仰《あお》ぎたい心境だった。

「……江上」

いきなり、龍平に名前を呼ばれて。

「は……い？」

江上はビックリ、ドッキリ、目を白黒させる。

「俺——あいつ殴っちゃっても、いいかな？」

やけに静かな口調で淡々と、龍平は物騒なセリフを吐きまくる。

女子軍が『腰砕《こしくだ》け』になるという甘いテノールが、今は、身の毛もそそけ立つ地獄の三丁目だった。

「い……や……。あの、ちょっと……市村？」

江上の声も負けず劣《おと》らず、見事に裏返っている。

それだけは、勘弁《かんべん》してくれぇぇぇぇッ。

杉本、頼むッ。

お願いだから、市村を止めてくれぇぇぇぇぇッ。

声に出さず、江上が……必死のアイコンタクトを哲史に送る。

背後の江上たちの目にも、異様におどろおどろしいオーラを噴《ふ》き上げているのが丸わかりなのだろう。

『マズイ』

『ヤバイ』

『トメテ』

どの顔にもデカデカと、そう書いてある。

何しろ。翼と違ってたった一度だけだが、龍平にも、その手の前科がある。

そのときの相手は、同じバスケ部の三年生で。

そのセリフも、もっと露骨で辛辣《しんらつ》な暴言だったが。

そのときのゴジラも真っ青な大魔神ぶりは、今も、江上たちの脳味噌にくっきりとこびりついている。

あのときは、先に手を出したのが三年だったし。

ギャラリーがいたとはいえ部内のことだったので、龍平は三日間の謹慎《きんしん》だけで済んだ。

結局のところ、その三年はそれが原因で自主退部せざるを得なかったが。

事情が事情だけに、誰も同情はしなかった。

しかし。

もし、ここで、龍平が大魔神と化したら、今度は謹慎だけでは済まないだろう。

地区大会を目前にして、それだけは絶対阻止《そし》したい。

だから、江上は必死である。

けれども。

龍平の背中があまりに尖りきっていて、迂闊《うかつ》に動けないのだ。

この張り詰めた沈黙をブチ切ってしまったら、何かが……一気に爆裂《ばくれつ》してしまいそうで。

それが――怖い。

哲史にしても、同じであった。

あんなバカ野郎のために、龍平がわざわざ手を汚《よご》すことはない。

「龍平。俺、腹減っちゃったな。昼飯、食いに行こ？」

このヒリヒリとした沈黙にはそぐわない、ひどくのんびりとした口調で哲史が言う。

すると。

「お…おぅ、そうだな。もう、一時過ぎちゃってるぜ」

「さすがに、腹減りまくりだって」

「昼飯。やっぱ、昼飯食わないと。なぁ、市村？」

「杉本。おまえ、パスタ、好き？　ちょっと歩くけど、スゲーうまいイタ飯屋があるんだ」

一気に畳《たた》み掛《か》けるように、皆が口々にしゃべり出す。

「イタ飯？　ホント？　いいね。そこ、行こう、みんなで」

言いながら、哲史はゆったりと、龍平に歩み寄る。

「おぅ。なら、決まりだな」

「市村。行こうぜ」

だが。

背後の彼らの足は、そこから一歩も動かない。

いや。

——動けない。

肝心《かんじん》の龍平が、微動《びどう》だにしないからだ。

「龍平。ほら、行こう。イタ飯だって。おまえも好きだろ？」

それでも、動こうとしない龍平の腕をつかんで。哲史は、

「バカはほっといていいから。——な？」

上目遣《うわめづか》いに、その目を覗《のぞ》き込む。

「だって、テッちゃん」

「バカを殴るとバカがうつるぞ？」

「でも、ツッくんはバシバシ叩きまくってるじゃない」

「翼のあれは……もう、条件反射みたいなものだからな。しょうがないって」

条件反射？

蓮城翼は、パブロフの犬並みですか？

この状況で、そんなことを吐きまくれる豪傑《ごうけつ》は、きっと、杉本だけ。

——だと。

バスケ部の面々は、こっそりとため息を漏らす。

もしかしたら。一番の大物は、この杉本かもしれない。

——と。

「だから。ほら、飯を食いに行こう。——な？」

哲史に腕を引かれて、渋々《しぶしぶ》、龍平は歩き出す。

結局。

哲史は一度も佐伯を振《ふ》り返らなかったし、言葉もやらなかった。

それでも。

龍平がバスケ部の面々と現れたことで、背後の佐伯がめいっぱい動揺している気配はビンビン伝わってきた。

（もしかして、今頃、へたり込んでるんじゃねーか？　あいつ）

それを思いながら。龍平の手を握り締めたまま、タテもヨコもデカいバスケ部の面々を後ろに従えて歩いていく哲史だった。


イタリアン・レストラン『ラピスラズリ』。

六人掛けのテーブルに、所狭《ところせま》しと並べられた料理を前に旺盛《おうせい》な食欲を見せつけるバスケ部の面々に、哲史は、半ば感嘆《かんたん》のため息を漏らす。

（……スゴイ食いっぷり。もしかして、こいつら、いつも、こんなに食うわけ？）

胸焼け……とまではいかないが。

それでも、じっと見ているだけでなんだか……腹がいっぱいになってきそうだった。

「杉本、何、惚《ほう》けちゃってんの？」

「え…？　いや、みんなスゴイ食いっぷりだなぁ……とか思って」

「フツーだろ？　これくらい」

「そうだよ。俺たちに言わせりゃ、杉本が食わなさすぎ」

いや。

だって……。

この量を普通だと言われると、ちょっと……辛《つら》いかも。

──などと、思ってしまうパンピーな哲史だった。

「つーか……。なんか、ホッとしたら、よけいに腹が減ったって感じ？」

永井が本音でそれを言うと、龍平以外の面々はめっきりマジな顔つきでコクコクと頷く。

（その気持ちは、わかる）

哲史だって、やたら喉《のど》が渇《かわ》いたクチだ。

あのとき買った缶コーヒーは斜め掛けバッグの中に入ったままだったりするが。

「……けど、なんか、スゴイ偶然だよな」

まさか、あんなところで佐伯と鉢合わせするとは思わなかったし。

こうやって、バスケ部の面々と一緒に昼飯を食う羽目になるとも思わなかった。

「龍平は、いつもたいがい、必要な物は『NAJIMA』で揃えてるんだけど、やっぱり、みんなもそうなんだ？」

なにげない哲史の言葉に、バスケ部の面々の手が、一瞬——止まる。

さすがに。

『市村の彼女の顔を見に、わざわざやって来ました』

——とは、口が裂《さ》けても言えない面々だった。

「あ……ほら。やっぱ、あそこだと、サイズも品数も段違《だんちが》いだし？」

「そう、なんだよ。……な？」

「まっ、ここまで来ると、ついでにいろいろ遊んでいけるしな」

言い訳としては、まぁ、妥当《だとう》な線だろう。

「だけど、助かったよ。ホントに。みんながいてくれたおかげで……」

嘘偽《うそいつわ》りでなしに、本当に、そう思った。

龍平と二人だけだったら、実のところ、どういう展開になっていたか——わからない。

滅多《めった》に……龍平がマジギレすることなど、本当に滅多にないことなのだが。翼ほどではないにしろ、龍平が本気でキレたら、いくら哲史だって手に負えない。

体格が、違う。

噴き出した感情の荒れ方が、違う。

そうなったら。歯止めの外れた龍平を止められるのは、たぶん、翼くらいなものだろう。

すると。

それまで、無言でガツガツ食べていた龍平が、

「でも――メチャクチャ腹立つなぁ」

ボソリ……というにはやけに尖《とが》りきった口調で、ブスリと言った。

「俺とテッちゃんの、どこが、デキてるって言うんだよ。あいつ、ノーミソ腐ってるんじゃない？　ねぇ？」

いきなり視線で名指しされて、梶原は心臓を鷲摑《わしづか》みにされたような錯覚《さっかく》に答えに窮《きゅう》し。思わず、視線を泳がせる。

そのいかにも怪《あや》しげな態度に、龍平は、しんなりと目を眇める。

「――何？　もしかして、梶原もそう思ってんの？」

浮上《ふじょう》しかけた声のトーンが、再び、地獄の二丁目まで落ちる。

「ち…違うってぇッ」

とんでもございませんッ！

――とばかりに頭と両手をプルプルと振って、梶原は、

「そっ…そうじゃなくってッ。あ……ほらッ、あいつッ、蓮城に一目惚れしてウチに入って来

た——なんて公言してるからさ。だから、杉本のことが、ホント、もうメチャクチャ目障《めざわ》りなんだろうなぁ……とか思ってッ」

必死で言い訳をする。

「な？　なッ？　おまえらも、そう思うだろ？」

俺を見捨てないでくれぇぇッ。

誰でもいいから、とりあえず頷いてくれぇぇッ！

——とでも言いたげな梶原だった。

「……え？　そうなの？」

今更のようにそんなことを言い出す哲史に、バスケ部の面々はビックリ目を見開く。

「何……。杉本、知らねーの？」

「今、初めて聞いた」

「それって……。おまえ、いくらなんでも、鈍すぎ」

鈍いと言われて、そうかもしれない……と思いつつ。それなら、当然、龍平も知らないだろうと思い、哲史は、

「龍平。おまえ——知ってた？」

なにげに見やる。

「知ってるよ。それ、ツッくんに教えたの、俺だもん」

——とたん。

バスケ部の面々は、

「えぇぇぇぇッ」

「ホントかよぉぉ？」

「うっそーぉぉぉッ」

「マジぃぃぃ？」

一斉《いっせい》にハモった。

当然。店内の視線は一気に集中したが。そんなことを気にする余裕もない面々であった。

いや。驚いたのは、哲史も同様だったが。

「——で？　翼は、なんて言ったんだ？」

「…『バカ丸出し』『ウザイ』『キモい』……だったかな」

(はぁぁぁ………)

哲史は、どっぷりため息を漏らす。

いかにも、翼の言いそうな台詞《こと》である。

そしたら。

龍平が、いきなり真顔で、

「いくら男タラシの達人のツッくんでも、テッちゃん以外の男にそんなこと言われたら、やっぱ、引いちゃうよねぇ？」

爆弾発言をカマしてくれた。

その瞬間。

江上は、ガチャリとフォークを皿に落とし。

梶原は、飲みかけたコーラに噎《む》せ。

永井は、ピザを銜《くわ》えたまま硬直し。

山形は、口の端からパスタを垂れ流した。

『あの蓮城翼を堂々と【男タラシ】呼ばわりできる鋼鉄の心臓を持っているのは、きっと、市村……おまえだけだ』

絶句状態のまま。

バスケ部の面々は、誰もがそれを思い。

そして。

誰とはなしに、ぎくしゃくと、もう一人の大物——哲史を見やる。

そんな面々の視線をものともせず、

「翼の場合は『引く』以前の問題だと思うけど？」

こともなげに、言い切る哲史だった。

何しろ。あの、美貌だし。

もっと、ずっと小さい頃《ころ》から、その手の押しつけがましい『好意』は日常茶飯事《さはんじ》で。それが、翼には凄《すご》いストレスになっていたのだと、聞いたことがある。

翼の、あの酷薄《こくはく》とも言える素っ気無さと苛烈《かれつ》な性格は、そんなストレスの裏返しだったりするのだろうか。

その点。

龍平は、例外中の唯一の特別——なのかもしれない。

何といっても。

翼に面と向かって大胆《だいたん》に『好き』を連発している豪傑は、哲史の知る限り、龍平だけだ。

もっとも。龍平が好きなのは、誰もが魅入《みい》られる翼の美貌ではなく、

「俺ねぇ、ツッくんが俺の名前を呼ぶときの、すごい俺サマな声が好き。だって、なんかツッくんに名前呼ばれるとジーンとしてきちゃうんだよ」

だったりするのだが。

もちろん。

「でも、一番好きなのはテッちゃん」

言葉でも態度でも、翼以上にその『好き好き』パワーを爆裂されているのは、哲史だけだったが。

さすがの佐伯も。そんな度胸はなかったから、周囲にそう公言していたのだろうし。

翼がそういう姑息《こそく》な手を使う連中を一番嫌っていることを知っている哲史にしてみれば、

(けど、翼……それ知ってて、よく、あんなモンで収まったよなぁ)

そちらの方が驚きだった。

もしかして。それだけ『大人』になったということだろうか？

ふと、そんなふうに思って。

(……んなわけねーか)

小さくため息を漏らす。

たぶん。

(俺のため……なんだろうなぁ)

哲史が、ほどほどにしておけと言ったから。

哲史が泣くと、嫌《いや》だから。

哲史を心配させたくないから。

きっと、そうなのだろう。

それを思うと、ちょっとだけ切なくて。物凄く……嬉しくなる。

「だけど、龍平。おまえ、そんな話……誰から聞いたわけ？」

龍平の性格からいって、まさか、そういう噂が自然と耳に入ってきたわけではないだろう。

「クラスの女子」

だが。その言葉には、もはや、誰も驚かなかった。

いや。

その一言で、誰もがすんなり納得できてしまった。

「ツッくんの親衛隊で一番偉《えら》そうに踏ん反り返ってる、あれは誰?——って聞いたら、もう、これでもかってくらいにスッゲー詳《くわ》しく教えてくれた」

天然タラシの面目躍如《やくじょ》と言ったところか。

とにもかくにも、龍平が意外な情報通であることを初めて知った哲史であった。

「やっぱ、さぁ。あーゆーバカで、アホな勘違《かんちが》いヤローは、一発殴っといた方がいいと思うんだけど」

佐伯の名前が出たことで、また怒《いか》りがブリ返してきたのか。龍平はそんな物騒なことを言い出す。

「あいつがバカでド阿呆だってのは、もちろん、俺たちもそう思うけど。だからって、おまえがそれをやったら、やっぱ、マズイと思うぞ? な? なッ? 杉本も、そう思うよな?」

「あーゆーバカは無視するのが一番だって。いちいち付き合ってらんねーよ」

そう言って、哲史は、フォークでクリクリと巻いたパスタを口の中に入れた。

午後十時。

翼と翼の父は、まだ帰ってこない。

先に風呂に入って。哲史はパジャマのまま、何をするでもなく、リビングのソファーにゴロリと寝転《ねころ》んだ。

久々に独りっきりの夜は、静かだ。

静かすぎて、とても心地《ここち》良いとは言えない。

だからといって。テレビを付けて耳障《みみざわ》りな音を垂れ流すのも嫌だった。

哲史のほかには誰もいない蓮城家はやけに広くて、寂《さび》しくて……。なんだか、訳もなく哲史を不安にさせた。

(なんだかなぁ……。らしくねーって)

腕を頭の後ろで組んで、そのまま、寝返りを打つ。

すると。本革《ほんかわ》張りのソファーがキュッと擦《こす》れて。そのわずかな音さえもが、なぜか、今夜に限ってはいつもより寒々しく聴《き》こえてしまうのだった。

なんで?

——どうして?

ふと、それを思って。哲史は、龍平の顔を思い浮かべる。

今夜の夕飯は、龍平に誘《さそ》われるまま、市村家で済ませた。

本当は、龍平の買い物に付き合ったら、まっすぐこの家に戻ってくるつもりだったのだ。

そしたら、龍平が、

「テッちゃん。今日はツッくん家《チ》の晩飯いらないなら、俺ん家で食べてって。ね？　そうしよ？」

そんなふうに言い出して。

どうせ、二人は何時に帰ってくるのかもわからないし。

家に帰って一人でモソモソ晩飯を食べるのも、味気ないし。

それなら、久しぶりに龍平のところへ行ってみようかと。

久々の市村家は賑《にぎ》やかだった。

明日香や龍平の両親も皆揃っていて、次から次へと話が弾《はず》み、夕食も盛《も》り沢山《だくさん》でとても美味《おい》しかった。

食事のあと、龍平の部屋に行って。しばらく話し込んだ。

学校でのこと。

部活のこと。

映画を観《み》にも行きたいけどぜんぜん暇《ひま》がなくて、行けないこと。

たくさん話して。

いっぱい、笑って。

そして。

不意に、龍平が言った。

「テッちゃん。俺……お願いがあるんだけど」

「――何？」

「あのね……。俺、テッちゃんの眼《め》……見たい」

「……え？」

「テッちゃんの蒼《あお》い眼――見たい」

ベッドに背もたれてどったりと床《ゆか》に座り込んだままの哲史と、いつのまにか膝《ひざ》を突き合わせて。龍平は、わずかに前屈《まえかが》みになって、哲史と目線を合わせた。

「――ダメ？」

「い…や……。ダメ、じゃないけど」

「じゃ、お願い」

合わせた視線は、逸れない。

「俺……最近、ぜんぜん見てないんだよ？　テッちゃんの眼。ツッくんはさぁ、いっつもテッちゃんと一緒だからいいよねぇ。いつでも好きなときに、好きなだけ見れて……。俺、ちょっと、妬《や》けちゃうよ」

龍平がいつもと違って、あんまりスネた顔で、

『ツッくんだけなんて、ズルイ』

『妬ける』

『俺にも見せて』

それを連発するものだから。哲史は、終《しま》いには、なんだかおかしくなって……。

するど。龍平は、

「なんだよ、テッちゃん。何が、おかしいわけ？」

ますます、スネて。

だから、あまり龍平を焦《じ》らすのも悪いような気がして。

「ンじゃ、ちょっと、待ってな」

斜《なな》め掛《が》けバッグの中からコンタクト・ケースを取り出して。両眼とも、カラーレンズを外した。

「ほら……。これで、いいか？」

そう言って龍平を見やった哲史の眼は、蒼く澄みきった対の宝石だった。

——瞬間。

それまでスネていた龍平が、コクリと息を呑んだ。

本当に、久々に目の当《ま》りにする哲史の蒼眸《そうぼう》は、記憶《きおく》にあるどんな空の蒼さよりも深みのある色を湛《たた》えて龍平を魅了《みりよう》した。

「……テッちゃん、スゲー、綺麗……」

微《かす》かに掠れて上擦《うわず》った、龍平の声。

「──綺麗。ホント……テッちゃんの眼、宝石よりもずっと……ずっと、綺麗」

瞬きすら忘れて、龍平が魅入る。

「もったいないよぉ……。こんなに綺麗なのに……隠してるなんてさぁ」

言いながら、龍平の大きな手が哲史の頬《ほお》をゆっくりと撫《な》で上げた。

「俺、テッちゃんの蒼い眼……大好きなのに……」

強くて。

穏《おだ》やかで。

優《やさ》しい。

龍平の──眼差《まなざ》し。

翼とは違う、龍平の双眸《いろ》。

それを思い出して、哲史は、

(龍平の顔なんか、もう、見慣れちゃってると思ってたんだけど。あいつ……ホント、スゲー優しいんだよなぁ。はぁぁ………。なんだかなぁ……)

もう一度、深々とため息を吐《つ》いた。

＊＊＊＊　V　＊＊＊＊

その日の放課後。

誰もいなくなってしまった教室で。

鷹司慎吾は、新館校舎の窓から中庭を見下ろして、どっぷり、深々とため息を吐いた。

——と。

「なんだ？　デカイため息だな」

別段茶化しているわけでもなさそうな声に振り向いて、鷹司は、わずかに苦笑《くしょう》した。

「お疲れ様」

とたん。

藤堂崇也《とうどうたかや》は、あからさまに嫌そうな顔をした。

「おまえにそれを言われると、なんか……よけいに疲れた気がする」

そう言われれば、藤堂の顔つきも今一つ冴《さ》えない。

「はいはい。生徒会長様は激務だからねぇ。お勤め、ご苦労様」

おざなりというには優しげに藤堂をねぎらって、

「――で？　なんだったの？」

鷹司は促《うなが》す。

教頭からの呼び出しが生徒会関係ではないことくらいは、鷹司にもわかっていたが。

「例の一年の奴ら、相変わらずの不登校状態らしい」

「――そうなんだ？」

まぁ、これだけ派手に燃え広がってしまったら、居たたまれない……。という気持ちもわからないではないのだが。何一つケジメを付けないままでは、

『肝《きも》っ玉《たま》の小さい根性なし』

呼ばわりされても、それはそれでしょうがないだろう。

一度貼り付いたレッテルを剝《は》がすのは容易なことではない。

ケジメを付けるタイミングを間違うと、それこそ、大火傷《おおやけど》をしかねないのだが。

「それで、どうにかならないか――とか、俺に言われてもなぁ」

「自業自得《じごうじとく》……だしねぇ」

それ以外の言葉が見当たらない。

「親は、なんやかや言ってきてるらしいがな」

「間違っても、自分の都合の悪いことは言わないよね」

「まぁ、な」

「出張《でば》ってきそうな感じ？」

「あいつらが頑《かたく》なに口を噤《つぐ》んでる限り、時間の問題じゃねーか？」

「出てきても、恥の上塗《うわぬ》りなだけだと思うんだけど……」

言わずもがなの台詞を口にして、鷹司と藤堂は、どちらからともなくどんよりとため息を漏らした。

保護者と建て前と本音の板挟《いたばさ》み状態で、学校側としても、さぞかし対応に苦慮《くりょ》していることだろう。

杉本哲史と蓮城翼の親衛隊のトラブルに発する一連の騒動は、いまだにズルズルと尾を引いている。

いつもと同じようで、いつも以上に華々しいスキャンダルがなかなか下火にならないのは、今回は、不本意ながらも、鷹司と藤堂の二人も立派な当事者として名を連ねているからだ。

「…ったく、蓮城も、とんだ爆弾を落としてくれたもんだぜ」

「うーん……。やっぱり、確信犯——だよね」

そこらへん、派手に三倍返しだった中学時代とは微妙に違う。

どういう心境の変化だったりするのか。小日向《こひなた》中学出身の鷹司としては、内心、興味が尽きない。

「頭のキレすぎる確信犯なんてタチが悪すぎて、下手に関《かか》わりたくねーな」

「まぁ、蓮城君だって、誰かれ見境なく嚙み付くわけじゃないから。ちゃんとルールさえ守ってれば、目の保養には違いないんだから」

「触らぬ神に祟りなし……って、か？」

「わかってても、ついつい、地雷を踏んじゃう連中もいるけどね」

中途半端な好奇心は身の破滅。

そんなことにならないようにと、自戒《じかい》は怠《おこた》らない鷹司だったが。それでも、黙って見過ごすには極上の逸材《いつざい》で、やはり、ジレンマではある。

（ただのパンピーで終わらせるにはもったいないと、思うんだよねぇ）

中学時代、その片鱗《へんりん》を見せつけられた思いの鷹司としては、哲史が本来の頭角を現してくれるのを切望しているのだが。

（ここはやっぱり、正攻法《せいこうほう》で行ってみるべきなのかな）

当たって、砕けろ。

いや……。砕けないように、しっかりリサーチは怠らないのが鷹司の信条だ。

「とにかく、これ以上騒ぎが大きくなるようなら、執行部としても、なんらかの手を打つ必要があるのかもな」

「それは、あんまり、気が進まないんだけど？」

「俺だって、このまま自然消滅をしてくれるのを願ってるさ」

「……自然消滅、ねぇ」

人の噂も七十五日。

それを哲史に言ったのは、確かに鷹司だったが。

他人の不幸は蜜の味。

――という現実もある。

思わぬところでいきなり不本意な当事者になって、今では、スキャンダルの真《ま》っ只中《ただなか》……。

なってみて、初めてわかる諸々《もろもろ》の壁の厚さを意識せずにはいられなくて、鷹司も藤堂も、ただどっぷりとため息の嵐だった。

あとがき

こんにちは。

平成十五年もドン詰《づ》まりになって、ようやくここまで漕《こ》ぎ着《つ》けました。

はぁぁぁぁぁ…………。

とにかく、これを書いてしまえば、自分の首を絞《し》めまくった一年も終わりです。いやぁ、よかった、よかった(笑)。

さて。『くされ縁の法則[2]』でございます。

なんか……書けば書くほどディープに後退《あとずさ》りしていくのは、なぜなんでしょうか(笑)。

黙《だま》って立っていれば眼福な大物二人に囲まれて、自称《じしょう》『パンピー』な哲史君の苦労は絶えません。

頑張《がんば》った人にはご褒美《ほうび》——が人生の基本だと、ワタクシは思っておりますので。この先、哲史君の健闘《けんとう》を祈《いの》りたいものです。

神葉理世《しんばりぜ》様、今回も素敵《すてき》なイラストをありがとうございます♡

さて。

――さて。

前回の後書きでもちょこっとお知らせいたしましたが。ソフトカバー単行本の『幼馴染み』がこの本と同時に、並びます。……たぶん。けっこう、分厚いです。

『子供《ガキ》の領分』ドラマCD④も出てます。通販《つうはん》オンリーですが。

ドラマCD⑤は二月発売の予定です。どちらも二枚組。

陽一サマ特製エプロンをゲットしてね♡

それから。他社様で申し訳ないのですが、徳間さんから『幻惑の鼓動◇前世編』が載《の》っているキャラ・コレクション（「キャラ・セレクション」の雑誌じゃないですよ？）も同時期に出ているはずですので。興味のある方は、ぜひ御手《おて》に取ってみてくださいませ。

平成十六年の一月には、今年、自分の首を絞めまくって頑張った（笑）分が、本当にガツガツ出る予定です。見て、聴《き》いて、読んで、お楽しみください♡

それでは。

また……。

平成十五年十二月

吉原理恵子

くされ縁の法則 2
熱情《こい》のバランス
吉原理恵子《よしはらりえこ》

角川ルビー文庫　R17-22　13235

平成16年2月1日　初版発行
平成16年6月10日　3版発行

発行者——井上伸一郎
発行所——株式会社角川書店
東京都千代田区富士見2-13-3
電話/編集(03)3238-8697
営業(03)3238-8521
〒102-8177 振替00130-9-195208
印刷所——旭印刷　製本所——本間製本
装幀者——鈴木洋介

落丁・乱丁本はご面倒でも小社受注センター読者係にお送りください。
送料は小社負担でお取り替えいたします。

ISBN4-04-434222-9　C0193　定価はカバーに明記してあります。